大江戸科学捜査　八丁堀のおゆう
殺しの証拠は未来から

山本巧次

宝島社文庫

宝島社

目次

浅草寺
不忍池
湯島
土佐屋
昌平橋
筋違御門
おゆうの家
大川
本所
両国橋
坂井屋
佐柄木町
神田
馬喰町
相生町
花町
堅川
日本橋
八丁堀

大江戸科学捜査
八丁堀のおゆう
殺しの証拠は未来から
地図
本郷
神田川
自證院
名倉家
忍町
塩町
四ツ谷
麴町
御城
南町奉行所

登場人物

おゆう … 十手持ちの女親分。その正体は現代人の関口優佳《せきぐちゆうか》

鵜飼伝三郎《うかいでんざぶろう》 … 南町奉行所定廻《じょうまわ》り同心

源七《げんしち》 … 岡っ引き

お栄《えい》 … その妻

千太《せんた》 … 源七の下っ引き

藤吉《とうきち》 … 同じく下っ引き

境田左門《さかいださもん》 … 南町奉行所定廻り同心。伝三郎の同僚

戸山兼良《とやまかねよし》 … 南町奉行所内与力

土佐屋満右衛門《とさやまんえもん》 … 湯島の紙問屋

満之助《まんのすけ》 … その息子

功助《こうすけ》 … 土佐屋の手代

名倉彦右衛門《なぐらひこえもん》 … 四ツ谷の旗本

和江《かずえ》 … その妻

乾《いぬい》 … 名倉家の御用人

余兵衛《よへえ》 … 本郷竹町の銅版画職人

照《てる》 … その娘

荏原洪善《えばらこうぜん》 … 蘭方医

竹次郎《たけじろう》 … 四ツ谷忍町の岡っ引き

万蔵《まんぞう》 … 麴町の岡っ引き

宇田川聡史《うだがわさとし》 … 株式会社「マルチラボラトリー・サービス」副社長
通称「千住の先生」

大江戸科学捜査　八丁堀のおゆう　殺しの証拠は未来から

第一章　その骨は何を告げる

一

「ああ、うん……そうだね、こっちは問題ないから。そっちこそ気を付けなよ。うん……わかってるから。はいはい、それじゃ。うん、よろしく」

関口優佳《せきぐちゆうか》はスマホでの通話を終えると、軽く溜息《ためいき》をついた。ちらっと、つけっ放しだったテレビに目をやる。ワイドショーでは、相変わらずコロナの状況がメインだ。第二波だか第三波だか、また緊急事態宣言が出て、ちょっと落ち着いて来たという報道があって、終息かと思ったらまた感染者が増えて……この繰り返しだ。さすがにうんざりしてくる。

電話の相手は、父親だった。父が再婚相手と暮らすようになってからは、あまり会っていない。電車で一時間もかからないし、その再婚相手が嫌いというわけでもないのだが、たまには家に来いと言われても何となく行きづらく、電話ぐらいで誤魔化《ごまか》していた。コロナの緊急事態は、訪問できないという言い訳には都合が良かったが、時に心配になることもある。

父は確か、血糖値が高いくらいで基礎疾患というほどのものはないし、年齢も六十代で高齢とは言えない。それでも、感染が落ち着いた時にご機嫌伺いしておいた方がいいか、などと思ったりする。世の中には、コロナを機会に家族との接し方を改めて考えた人も、多いのではなかろうか……。

同じ話題に飽きて、テレビを消した。畳に座り、納戸の方を向く。やはり、向こう側にいた方がいいのか。コロナ初期には避難するような格好で向こう側に居座ったのだが、いつまでもそうはしておれず、ここしばらくは以前のように、行ったり来たりを続けている。もちろん、コロナウィルスを向こう側に持ち込む危険性は消えていないのだが、時が経《た》つにつれ、そうした緊張感も緩み始めていた。

さて、そろそろ向こう側に戻るか。いや、「行く」と言うべきだったか。優佳は納戸を見つめつつ、忍び笑いを漏らした。どっちが本来の居場所なのかわからなくなって、もうだいぶ経っている。

納戸の奥には、階段がある。それは下へと延び、踊り場のような小部屋を介して、さらに下へと通じている。その不思議な階段は、途中で二百年の時を超え、江戸東馬《ひがしば》喰町《くろちょう》にある小洒落《こじゃれ》た仕舞屋《しもたや》風の家の押入れに通じていた。それを使って江戸での暮らしを始め、すっかり定着してから何年になるだろう。

時計を確かめると、こちら側に戻ってもう二十時間余り、経過していた。近頃は江戸でも結構忙しいので、あまり向こうを留守にするわけにもいかない。郵便物やメールのチェックもしたし、必要な返信は送った。忘れ物はなさそうだ。優佳はエアコンのリモコンを手に取って、オフにしようとした。

スマホからＬＩＮＥの着信音が聞こえた。リモコンを置いて、スマホに手を伸ばす。今、ＬＩＮＥを送ってくる相手は一人しか思いつかない。

画面を見ると、思った通りだった。宇田川聡史《うだがわさとし》。優佳の高校の同窓生にして、現在の最大の協力者である。優佳が江戸と繋《つな》がっていることを知る、唯一の人間でもあった。

さて何の用だ、とＬＩＮＥを開いた優佳は、送られた短いメッセージを見て、思わず眉間に皺《しわ》を寄せた。

「江戸の骨が出た」

何じゃこれは？　意味がさっぱりわからない。宇田川のメッセージは常にぶっきら棒で、愛想のかけらもないものがほとんどなのだが、これは酷《ひど》い。何かの暗号か？

「何の話よ」

すぐに返信した。数秒で返った答えは、「江戸時代のやつらしい骨が見つかった」というものだった。５Ｗ１Ｈは完全に無視されている。埒《らち》があきそうにないと思った優佳は、音声通話に切り替えた。

「何だ」

宇田川はすぐに応答した。だが、「何だ」はこっちが言うべき台詞《せりふ》だ。

「骨って何よ。どこで見つかったの」

「だから、骨だ。人骨。四谷《よつや》の建設現場で」

「建設現場？　何であんたが関わってるのよ」

「俺が掘り出したわけじゃない」

「そりゃそうでしょ。どうしてあんたがその骨のこと、知ってるの。ネットのニュースに出てなかったよ」

「出たよ。一週間ほど前だが」

一週間前？　そんな前のニュースまではチェックしていなかった。改めて調べるのも面倒なので、詳しく話すよう宇田川に求める。宇田川は「面倒だな」などとぼやいたが、どうにか説明してくれた。

一週間前、四谷のマンション工事現場で基礎を造るための掘削を行っていた際に、人骨が発見された。建設事務所から警察に通報され、現場で鑑識が調べたところ、相当古いものだとわかった。確認のため回収された骨は科捜研に送られたが、少なくとも百年以上、概ね二百年程度は経過したものだと判明し、警察が取り扱うものではないと判断されたという。

「それで科捜研から、うちの方で詳しく調べてくれと言って送られてきたんだ」

「そういうのって、大学の研究室か何かに頼むんじゃないの」

「大抵はそうだが、コロナで手不足ってことでな」

大学も、最低必要限度以外はリモートを活用しているらしい。

「あんたのとこで、人骨の分析なんかできたっけ」

「いいや。AMS放射性炭素年代測定ってのが必要だが、その装置は部屋一つ分くらいあるからな。うちにはない。だから、提携先の大学の研究室に頼んだ」

「さっき、大学はコロナで手不足だって……」

「うちとの間には、いろいろと貸し借りがある。役所相手と違って、義理があるんだ」

なるほど。科捜研もその辺を見越して、宇田川のラボに丸投げしたのかもしれない。

「で、その話をどうして私に」

つい聞くと、宇田川の舌打ちが聞こえた。

「測定の結果、二百年前の骨だとわかったんだぞ。ちょうど江戸の、あんたが仕事してる時代じゃないか」

あ、と思わず声が漏れる。

「江戸の……骨が見つかった場所って、墓地じゃないよね」

「少なくとも、工事現場は個人住宅の跡地だ。千年くらい前のものならともかく、江戸時代の墓地が埋めた死体をそのままにして、宅地になったってことはないだろう」

だいたい、墓地なら人骨一体だけ出るのは変だろ、とも宇田川は言った。確かにそうだ。

「それだけじゃないぞ。肋骨《ろっこつ》の一本に、傷があった。硬いもので削れたような」

硬いもので削った？　優佳は眉をひそめた。

「それって、刺し傷ってこと？」

「たぶんな」

「だったら科捜研は……」

「通常なら事件性あり、とするところだが、二百年前の事件を今の警察が調べるとでも？」

「うーん、そりゃそうね」

宇田川の言いたいことが読めてきた。

「つまりその、これが殺人事件で埋められた死体なら、私の仕事だってわけね」

「ま、そういうことだ」

やっとわかったか、という口調で宇田川は言った。

「現物、見てみるか」

「え、現物？　骨を？」

優佳は驚いた。コロナ緊急事態宣言中に、わざわざ骨を見に来いと？　だが、これがもし本当に殺人事件なら、その骨を確認しておく必要はあるだろう。不要不急の外出は自粛と言われているが、行くべきだろうか。

そこで宇田川が、付け加えた。

「実は、遺留品らしいブツもあるんだ」

「遺留品？　江戸の品物が？」

「ああ。江戸の銭が幾らかと、ちょっと妙なものが一つ」

「妙なものって？」

「自分で見て確かめてくれ」

うーん。そう言われては、行かないわけにはいくまい。

「わかった。これからラボに行く」

返事すると、宇田川は「待ってる」とだけ言って、すぐ通話を切った。まったく、あいつの愛想のなさはどんな状況でも変わらない。


総武線《そうぶせん》各駅停車で、阿佐ケ谷《あさがや》に向かった。優佳も含め、乗客は全員マスクを付けている。さらに優佳は、寒い季節なのをいいことに、ウィルスを寄せ付けないほど手厚く着込んでいた。そこまで神経質にならなくてもいいはずだが、江戸にウィルスを持ち込まない、という至上命題があるので、どうしても慎重にならざるを得なかった。

電車はやはり、コロナ前に比べて空いていた。コロナが終息しても、リモートでも仕事が回せるという目から鱗《うろこ》の経験をした人たちは、敢《あ》えて満員電車に戻って来ないかもしれないな、などと優佳は思った。

　窓の外を見ると、あちこちで建設現場のクレーンが動いている。オリンピックも一年遅れの開催が決まっているし、緊急事態宣言下といえど、経済は止められないのだ。まあ、そうでないと人の生活が立ち行かなくなってしまう。

　四ツ谷駅の前後は線路が掘割の底にあり、トンネルもあるので、問題の建設現場がどこなのかはわからなかった。個人住宅の跡地ということだが、この界隈にマンションが建てられるほどの土地を持っていたなら、相当な資産家だろう。もしかすると、江戸時代から続く家だったのかもしれないな、と優佳は思った。もしそうなら、その家の先祖が殺人に関与したという話になってくるのだが……。


　阿佐ケ谷駅で電車を降り、通り慣れた道を南の住宅街の方へと歩いた。宇田川が副社長を務める「株式会社マルチラボラトリー・サービス」は、その一角にある。

　これまで何度もそうしてきたように、ガラスの玄関ドアを抜けて階段を上った。二階の事務室に「こんにちは。お久しぶりです」とマスク越しに声を掛ける。事務員は一人しか出勤しておらず、優佳を見てちょっと驚いたように眉を上げたが、どうぞ奥へ、と通してくれた。礼を言ってそのまま進み、ガラス越しに宇田川の背中を確かめて、ドアを押し開ける。

「来たよ」

「ああ」

互いに最低限の挨拶を交わすと、宇田川は奥の部屋を指差した。骨はそっちにある、ということだ。さすがにガラス張りの部屋で、人骨を人目に曝《さら》しておくわけにはいかないのだ。

促されて、幾つかの分析機器が置かれている部屋に入ると、真ん中の台の上に布が敷かれ、薄茶色になった古い骨が並べられていた。髑髏《どくろ》そのものの頭骨もある。ただし下顎骨は見えず、割れて破片になっているようだ。

「これが腰の腸骨、大腿骨《だいたいこつ》、こっちは脛骨《けいこつ》、それと右上腕骨、尺骨、そっちは左の同じもの、肩甲骨に鎖骨。まあ、一通りは揃《そろ》ってる」

宇田川は骨を一つずつ指しながら、説明した。優佳にもだいたいのところはわかる。本物の人骨には違いないが、古さのせいか、古代人の化石を見るような感覚で、不気味さはあまり感じられなかった。

「で、問題の肋骨だ」

宇田川はばらけて一本ずつになっている骨を示した。その中の一本を、白い手袋をはめた人差し指で軽く叩《たた》く。

「見ろよ。削れてるだろ」

覗《のぞ》き込むと、確かに骨の左寄りのところに欠けた部分があった。よくよく目を凝らすと、傷はごく狭い逆三角形で、刃物で付けられた傷、と見れば頷《うなず》ける。

「刺殺、ってことみたいね」

呟《つぶや》くように言うと、宇田川も「だろうな」と頷いた。

「年齢とか、性別は」

「そういうのを確かめるのは、科捜研の商売だ。四十歳前後の男性だそうだ」

中年の男か。江戸でも、まだ働き盛りと言っていい。何者だろう。

「ついでに言っとくと、ＤＮＡも採っておいた」

宇田川は脇のデスクに置いてある紙をつまんで、言った。

「へえ、さすが抜かりはないみたいね」

宇田川は当然とばかりに鼻を鳴らした。

「それで、見つかった場所だけど」

宇田川はポケットから畳んだメモを出して開いた。

「ええと、新宿《しんじゅく》区四谷四丁目××番、だな」

優佳はスマホを出して、グーグルマップで確かめた。

「丸ノ内《まるのうち》線の、四谷三丁目の近くね。こんなとこにマンションにできる宅地があったのねえ」

元不動産会社経理部の優佳としては、ちょっと興味をそそられる。

「うん、いわくつきの土地らしい。明治からの家だったようだが、相続でいろいろ揉《も》めて、権利関係がややこしくなってたところに、何だか土地の詐欺師みたいなのが入り込んだとかで」

「ああ、地面師ってやつね」

土地所有者になりすまして、他人の土地を勝手に売買する詐欺手口だ。大手不動産会社が引っ掛かって、話題になったこともある。四谷の住宅で権利関係で揉めているなら、いかにも標的になりそうだ。

「詳しくはわからんが、警察が介入して、ようやく整理がついたそうだ」

「それでマンションデベロッパーが買い取って、早速工事にかかったのね。そしたらこんなものが出てきた、と」

「事件性なし、ってことで、業者は安心したらしいがな」

いや、二百年遡《さかのぼ》れば立派な殺人事件だ。放っておくわけにもいくまい。

「その炭素なんとか、どんな測定だかよくわかんないけど」

「これは簡単に言うと、骨中の炭素14の減少量を測定して、半減期から……」

どこが簡単だ。

「詳しい解説は勘弁して。二百年前の骨だなんて、ちゃんとわかるの？」

「古代遺跡から出た、一万年以上前の骨でも測定できる」

それって、専ら考古学で使う方法じゃないのか。

「一万年前のものがわかるなら、二百年前だと何月とか何日とか、わかんないの」

「無茶言うな。相応の幅はどうしてもある」

「待ってよ。それじゃあ、向こうで私が暮らしてる時期とはズレがあるかもしれないじゃない」

「そりゃ、ぴったり一致と言うつもりはない。だが、そっちの行方不明者や未解決事件の被害者、ということはあるだろう」

「うーん……まあ、それはあるかも、だけど……」

「一応の傍証はある」

宇田川はキャビネットの扉を開け、布でくるまれた何かを取り出して骨の横に置いた。

「何なの、それ」

「電話で言ったろ。遺留品だ」

宇田川が布を開くと、丸くて黒っぽいものが、ざっと広がった。よく見るとそれは、錆《さ》びた古銭だった。間違いなく、江戸で使われているものだ。

「劣化した繊維も付着していた。たぶん、財布の残骸だろう」

財布が残っていたなら、物盗りの仕業ではないと考えるべきか。よく見ると、丸い銭だけではなかった。角張ったものは、一朱銀だろう。他に楕円の塊のようなものもある。手を伸ばして触れてみると、「文」の字の刻印がわかり、それが何なのか思い当たった。

「あ……これ、文政丁銀《ぶんせいちょうぎん》だ」

ナマコ型というもので、重さを量って価値を決める。銀貨と言うより、銀塊だった。発行されたのは確か文政三年で、江戸で優佳の暮らす年の三年前だ。

「なるほどね。確かに向こうでの同じ頃に死んだ可能性は高いかも、だけど……」

待てよ。何かおかしいぞ。優佳は少し考えて、大事なことに気付いた。

「あのさ、今になって骨が出たってことは、江戸では死体は見つからなかった、ってことでしょ。つまり、江戸へ行っても解決できない事件になるじゃない」

宇田川は顔を顰《しか》めた。宇田川の持論によれば、優佳が江戸で行うことは、全て歴史に初めから組み込まれていて、江戸で何をしようと歴史が変わってしまう心配はないはずなのだ。とすれば、骨がここにある以上、江戸で殺されたのだとしても、優佳が見つけることもなくずっと土の下に埋まったままだったわけだ。それでは、事件にならない。

「確かに、理屈から言えばそうだが」

「そうだがって、あんたが言い出した理屈に従ってるのよ」

優佳はちょっと苛立《いらだ》ってきた。いったい私に、どうしろと言うのだ。

「まあ待てよ。死体がないから事件が始まらない、ってことでもないだろ」

うん？　どういう意味だろう。

「埋められた以上、被害者は行方不明になっているはずだ。不明者を捜せば、殺しの動機が見つかるかもしれない。そうしたら、犯人も捜せるだろう。殺しの動機が何かの犯罪絡みなら、別件で犯人を逮捕できるかもしれない」

宇田川はそんなことを言い募った。一理あると言えなくはないが、仮定の上に仮定を積むような、どうにも無茶な話だ。

「あのねえ。そんなあやふやな……」

「気になってるのは、これだ」

宇田川は優佳の文句を遮るように、大型のシャーレを差し出した。

「何、これ」

優佳はシャーレの中に収められているものを、しげしげと見た。金属板の切れ端だ。かなり腐食しているようで、表面には引《ひ》っ掻《か》いた傷のようなものがある。どういう品なのか、推測するのは難しい。

「銭以外の遺留品だ。元の形はたぶん長方形だと思う」

「金属みたいだけど、材質は分析したんでしょうね」

「ああ。銅の薄板だった」

当たり前のように、宇田川が答えた。

「厚さは約一ミリ。幅は四センチ強、長さは八センチくらいだ。少なくとも、貨幣の類いじゃないな」

それは優佳にもわかる。こんな貨幣は見たことがない。

「これが何なのか、知りたいってわけ？」

宇田川の方を向いて、聞いた。宇田川はすぐに「そうだ」と返事した。

「こいつが、この骨の主がどうして死んだか、いや殺されたかの鍵になるような気がする」

へえ、と優佳は眉を上げた。もともと物の分析にしか興味のなかった男なのに、まるで探偵みたいなことを口にしている。優佳に付き合って江戸の事件に首を突っ込むうち、そっちの方向にものめり込み始めたのだろうか。

「ずいぶん熱心みたいだけど、どうしたのよ。わざわざ自分から、事件を調べようなんて」

言われた宇田川は、驚いたように目を瞬《またた》いた。自分では、それほど意識してはいなかったらしい。

「その妙な金属片、調べたらもっといろいろ出るんじゃないかと思ってな。江戸では今まで出ていなかったような金属類でも見つかれば、是非分析したい」

なるほど。それはいかにも宇田川らしい。でも、それだけか？

「他にもあるんじゃないの？」

水を向けてやると、宇田川は当惑顔になった。が、少しの逡巡《しゅんじゅん》の後で続きを喋《しゃべ》った。

「科捜研の奴《やつ》が、偉そうだったんでな」

え？　と優佳は首を傾《かし》げそうになったが、宇田川の表情を見て、事情が呑《の》み込めてきた。どうやら骨を預けられた時の科捜研の連中の態度が、気に入らなかったらしい。宇田川にすれば、高飛車だったのだろう。もっとも、およそ人への配慮に欠ける宇田川自身が応対したのなら、どっちもどっちかもしれない。

「もしかして、この骨の謎を解いて科捜研の鼻を明かしてやろうと？」

顔を覗き込むようにして聞いてやると、宇田川は頬を赤らめた。なるほど、そういうことか。しかし科捜研としては、江戸時代の事件の謎が解かれようが解かれまいが、どうでもいい話だろう。宇田川が一方的に、自尊心を守りたいと思っているだけだ。

子供みたいだな、と優佳は笑い出したくなった。だがその一方、自分もこの一件に興味が湧いてくるのを感じていた。謎の金属片と共に埋まっていた、殺された男の死体か。これはちょっと、調べてみる価値があるかもしれない。

「ま、いいでしょう。調べてあげるわ」

優佳は、ぽんと宇田川の肩を叩いた。

「その骨についてわかってるデータ、プリントアウトして頂戴」

「了解」

宇田川は小さく頷いただけだったが、その目の奥に安堵《あんど》と感謝の色が現れているのが、優佳にはわかった。

二

納戸から階段を下り、踊り場の部屋で着物に着替える。帯をぎゅっと締めると、令和の関口優佳から、江戸東馬喰町のおゆう姐《ねえ》さんへの変身は、完了だ。

さらに階段を下へ向かい、突き当り左手の羽目板をずらせて、押入れの中に潜り込む。そして襖《ふすま》を開ければ、そこはもう江戸だった。季節は真冬、火の気はないので、家の中まで入り込んだ寒気に、ぶるっと身を震わせる。着物の下には現代の保温下着という反則技を使っているのだが、それでも顔や手足は冷える。急いで火鉢に火を起こし（これも火打石ではなく、キャンプ用のバーナーで、だ）、手をかざすとその温もりに、ほっとする。

一息つくと、塀の向こうから子供たちの遊ぶ声が聞こえた。子供は風の子、寒くても駆け回れば、すぐに暖かくなる。ゆったりした時間の流れにしばし身を置き、江戸の空気に馴染《なじ》む。この頃はコロナのせいでやたら窮屈になってしまった東京より、江戸にいる方がずっと落ち着けた。


二十分ばかりぼうっとしていると、昼四ッ（午前十時）の鐘が聞こえたので、腰を上げることにした。簞笥《たんす》から十手を出して、帯に差す。この岡っ引き姿も、すっかり板についてきた。江戸では数少ない女親分というだけでなく、なかなかの別嬪《べっぴん》でしかも腕利き、という評判が広まったおかげで、近頃は界隈だけでなく、江戸の各所で名前が知られるようになっている。表に出て通りを歩けば、いろいろな人から挨拶を受け、時には思わぬ役得にありつくこともあった。あまり目立つのも正直どうかと思うが、悪い気はしない。

今日は取り敢えず、四ツ谷《よつや》に行ってみるつもりだった。特に当てがあるわけではないが、あまり行ったことのない場所なので、まずは様子を知っておきたい。ただ、おゆうの家からは一里と三十町くらい、だいたい七キロ半ほどあるので、歩いて一刻はかかる。徒歩移動がほとんどの江戸で暮らして、足はだいぶ鍛えられたが、この距離の往復は結構きつかった。東京なら電車で十分ほどの距離だが、歩けば江戸の町はずいぶんと広い。

昼九ツ（正午）頃、四ツ谷に着いた。現代の町名では「四谷」だが、江戸では「ツ」が入って「四ツ谷」になる。骨が見つかった現在の四谷四丁目は、御濠端《おほりばた》から西へ伸びる四谷大道の北側辺りで、大道沿いが町人地の四ツ谷塩町《しおちょう》、その北側に旗本御家人の屋敷が密集し、そこに食い込む形で寺が十幾つか、並んでいる。現在の地図に江戸の地図をトレースするアプリがあるので、それを使って江戸に来る前に確認しておいたのだが、骨が埋められた場所は、旗本屋敷か寺の敷地になるはずだった。

さてどうしたものか、とおゆうは小首を傾げる。町人地なら十手を出して調べに入ることはできる。だが武家屋敷や寺社地では、そうはいかない。

（そもそも、あの死体は既に埋まってるんだろうか、生きてその辺を歩いてるんだろうか）

それが目下、最大の疑問であった。宇田川には、調べると言い切ったものの、どう進めたものか。

道を歩きながら、やれやれ、とおゆうは嘆息した。自分は、「起きていない事件」を捜査することになってしまったのかもしれない。こんな話は、前代未聞だった。

四ツ谷塩町二丁目で、飯屋を見つけた。そう言えば、ちょうど昼飯時だ。腹ごしらえしようと、おゆうは暖簾《のれん》をくぐった。

店は職人や御家人と見える侍などで、そこそこ賑《にぎ》わっていた。女一人で食事する者はあまりいないので、幾人かの目がこちらを向いた。職人風の若い男がおゆうの顔を見て腰を浮かせ、「姐さん……」と声を出しかける。こちらへどうぞ、と自分の横に座らせようと思ったのだろう。だが、帯の十手に気付くと、言葉を呑み込んで目を逸《そ》らせ、座り直した。

おゆうは内心でくすっと笑った。一人で居酒屋や飯屋に入ると、こんな風に粉をかけようとする男に度々出くわす。だが、大概の男は十手を見た途端、黙って引き下がるのだ。これも十手の効用で、東京で制服の女性警察官にちょっかいをかける男がいないのと、同じことだ。おかげで一人でも、落ち着いて外食を楽しめる。

お運び（ウェイトレス）の娘はいたが、十手に気付いたのか亭主自らが出て来た。

「こりゃあ、女親分さんで。ご苦労様です」

愛想笑いと共に挨拶する亭主に、飯を頼んだ。豆腐田楽に大根と芋の煮物で、それが今日の昼定食だそうだ。さして待つことなく運ばれてきた膳は湯気が立ち、いかにも旨《うま》そうだった。ふうふうしながら、大根を口にする。味は濃い目だが、悪くなかった。

満足して平らげたところに、亭主が茶を持ってきた。美味《おい》しかったと微笑《ほほえ》むと、亭主の目が細くなり、鼻の下も伸びた。ちょうどいい機会だ、と声を少し低めて、尋ねる。

「この辺りで、この幾月かの間に行方知れずになった人は、いませんか。四十くらいの男の人ですけど」

はて、と初老の亭主は首を捻《ひね》った。

「そいつをお調べなんですかい。さあて、あっしの知る限りじゃあ、町内にそんなのはいませんがねえ」

さすがに一発で答えに行き当たる、ということはなかった。

「何でしたら、隣の玉木屋《たまきや》さんで聞いてみなすったら如何《いかが》で。旦那の六兵衛《ろくべえ》さんは裏店《うらだな》の大家さんも兼ねてて、この界隈じゃ一番顔が広いんですよ」

この先の三丁目には、町名主さんもいます、と亭主は教えてくれた。町名主を煩わせるのは大層かな、と思い、礼を言って店を出ると、すぐに隣家を訪れた。

玉木屋は、貸物屋だった。江戸では庶民が懐具合に合わせ、使う時だけ物を借りる、というのが定着していて、様々な品がレンタルされている。さすがに衛生的にどうなのと思うが、下着や褌《ふんどし》までレンタルできた。玉木屋でも扱っているのだろうが、店頭に見えるのは鍋、釜、箒《ほうき》、桶《おけ》などの日用品がほとんどだった。

「はい、親分さん、どんなご用でしょうか」

応対に出た六兵衛に十手を見せると、少しばかり身構える風になった。十手に対する反応としてはごく普通で、小太りの体に乗ったえびす顔は、崩れていない。人は良さそうで、いかにも店子《たなこ》たちが相談を持ち掛けたくなる雰囲気だ。そういう人の耳には、噂《うわさ》も集まり易《やす》い。ちょっと期待できるかも、とおゆうは思った。

「はあ、行方知れずの男、ですか」

先ほど飯屋の亭主にしたのと同じ質問を投げると、六兵衛は考え込んだ。

「去年、七十五になる三丁目のご隠居が見えなくなり、三日ほどして内藤《ないとう》新宿で見つかった、ということがありましたが……」

認知症の老人の徘徊《はいかい》だったようだ。無論、骨とは何の関係もあるまい。

「おっしゃるような、四十くらいの男というのは、思い当たりませんなあ」

六兵衛は済まなそうに言った。六兵衛の把握している限り、四ツ谷坂町《さかまち》、四ツ谷伝《てん》馬町《まちょう》など、四ツ谷各町と麴町《こうじまち》を合わせた一帯で、そんな話は耳にしていない、という。

「この辺りは武家屋敷が多いですが、もし何かありましたら、出入りの者などを通して自然と私どもの方へも聞こえてまいります。ですが、そうした方からの噂も一切、ございませんで」

その言葉からすると、玉木屋の客には、近所の御家人も多いのだろう。

「そうですか。どうも、お手間を取らせました」

おゆうは諦めて、玉木屋を出た。考えてみれば、四ツ谷で骨が見つかったからと言って、この近辺の住人であるとは限らないのだ。百万人が暮らす江戸全域を対象としてしまったら、行方不明者なんて数え切れないほどいる。切り口を変えないと駄目かな、とおゆうは首を振りながら大道を歩いた。

このまま帰るのも勿体《もったい》ないか、と思い、大道から北側に入ってみた。武家屋敷と寺に挟まれた細い道だ。確か、暗坂《くらやみざか》と呼ばれるところだ。

おゆうは右手の武家屋敷を眺めつつ歩いた。いずれも門構えは狭く、武家屋敷としては小さい。御家人の家かな、と見当を付けた。たまに少し広い屋敷が混じるのは、二、三百石の旗本家だろう。しばらく進むと、道は「坂」の名の通り、緩やかな下りになる。現代ならその先に、靖国通《やすくにどお》りがあるはずだが、江戸では細い道ばかりだ。おゆうは一角をぐるりと巡る形で、四ツ谷大道の方へ戻って行った。目を引くようなものは、何もなかった。

武家屋敷の並びを抜けて、四ツ谷塩町の家並みに差しかかった時である。前から、羽織に着物の裾を端折《はしょ》った姿の三十過ぎくらいの男が、真《ま》っ直《す》ぐに歩いて来た。帯には十手が見える。この界隈の岡っ引きに違いない。

岡っ引きはおゆうの顔を正面から見据えるようにして、近付いて来た。ああ、まずかったかな、とおゆうは思った。縄張りからずいぶん離れたところで勝手に探りを入れているのを、気付かれたのだ。これは嫌味の一つも言われるだろう。

岡っ引きはおゆうから一メートルもないところで止まり、じろりとおゆうを睨《にら》んだ。

おゆうはおとなしく、頭を下げる。

「あの、私は……」

「知ってる。東馬喰町のおゆうだな」

「あ、はあ、そうです」

こんなところまで名が売れているらしい。おゆうは少しばかり戸惑う。

「俺ァ、四ツ谷忍町《おしまち》の竹次郎《たけじろう》だ。お前さん、こんなとこまで出張って何をしてる」

竹次郎は探るように、おゆうの目を覗き込んだ。思わず目を逸らせる。

「ええとその、この辺りで近頃、行方知れずになった人はいないかと」

「行方知れず、ねえ。何でお前がそんなことを調べるんだ。八丁堀《はっちょうぼり》のお指図かい」

「いえ、そういうわけでもないんですが……」

ふん、と竹次郎が鼻を鳴らす。

「だろうな。お指図なら、俺が聞いてねえはずがねえ。誰の差し金だ」

「いや差し金ってわけでは。ただ、義理のある人に頼まれたもんで」

　義理のある人かい、と竹次郎は顎を撫《な》でながら、おゆうの顔に視線を這《は》わせた。目付きがどうにもいやらしく、背中がむずむずする。

「そいつの女房がこの近所の男と逃げたとか、そんな話かい」

　竹次郎が馬鹿にしたように言った。

「あー、まあ、それに近いような、というか」

　おゆうは曖昧に返事した。竹次郎は、ふうんと目を眇《すが》める。自分で言っておきながら、そんな事情ではないことは百も承知、という気配だ。

「まあいいや。六兵衛のとこに行ったんだろ。何て言ってた」

　ははあ。おゆうが来ていることは、六兵衛から聞いたんだな。

「行方知れずになっている人は、少なくともこの辺の各町にはいない、と」

「その通りだ。あんたが何を頼まれたか知らねえが、お門違いだよ」

　竹次郎は、見下したような薄ら笑いを浮かべている。

「はあ……まあ、そのようですねえ」

「わかったら、とっとと帰《けえ》んな。勝手に俺の縄張りに入って来られちゃ、目障りなんだよ」

　最後は、凄《すご》むような言い方になった。これという根拠もなく勝手なことをしているのはこちらだから、言い返せる筋合いではない。おゆうは素直に「済みません。邪魔しました」と詫《わ》びて、大道を東の方に引き返した。背中に竹次郎の強い視線を感じたが、振り返りはしなかった。

家に帰ったおゆうは、長火鉢に両肘をついて考え込んだ。さて、これからどう進めたものか。

少なくとも、骨の発見場所周辺の数カ町で、現在行方不明になっている者はいないとわかった。しかし、今日時点で殺人がまだ行われていないなら、あの周辺に被害者候補（これも変な言い方だが）がいる可能性はあるし、四ツ谷以外の場所に住む人間だという可能性は、もっと高い。つまり、スタート時点からほとんど進めていないわけだ。

（被害者捜しから入るのは、無理だよねえ）

明確なのは四十歳前後の男性であることだけ、というのでは、対象範囲が広過ぎる。それより、何故殺人事件が起きたか、という動機から探った方がいいのではないか。

「待てよ。骨が埋まってた場所は、武家屋敷か寺の敷地なんだよな」

声に出して呟いた。そんなところに、勝手に死体を埋められるのか？　いや、無理に決まっている。もし埋めたなら、屋敷の主か、寺の住職が犯罪に関与していることになる。それには、何が考えられる？

一番ありそうなのは、賭場だ。寺や武家屋敷には町方が踏み込めないので、そうした場所で賭場を開くのは、よくある話だ。旗本御家人の懐事情は大抵良くないし、寺だって経営に行き詰まっているところは多い。現に、おゆうがこれまでに関わった事件でも、そうした賭場が絡んでいたことは何度もあった。

(御家人の家じゃ狭すぎるから、旗本屋敷か寺だろうな)

賭場には金に関わるトラブルが付きものだ。いかさまとか、借金返済で代貸と揉めるとか、幾らでも考えられる。その揚句、殺人に至ることも珍しくはない。うん、これが一番納得がいく。

(でも、どう確かめよう。勝手に覗くわけにもいかないし)

賭場があるなら捜し出すのは難しくないから、十手を置いて潜入し、代貸辺りに探りを入れることはできる。だが、トラブルについて代貸が口を割るだろうか。

(それに、竹次郎がいるからなあ)

賭場を開くなら、界隈の岡っ引きを抱き込んでおくのが通り相場だ。おゆうは竹次郎の嫌な目付きを思い出した。ああいう奴なら、賭場の貸元とツルんでいるに違いあるまい。とすれば、おゆうが潜り込もうとしても、たちまち素性がばれてしまう。

「あーっ、もう。手詰まりじゃないのよ」

おゆうは声を上げてぼやいた。まったく宇田川め、厄介な事を持ち込みやがって。

無理でーす、と開き直って投げ返してやろうか。だが、宇田川は江戸の証拠物件を無料で分析してくれているし、現代での生活を何かと助けてもらっている恩義がある。邪険にするわけにもいかない。

すっかり考えあぐねたおゆうは、盛大に溜息をつくと頭を抱えた。

一旦東京に戻り、「うまくいかないよ」と宇田川にＬＩＮＥを送った。方向性が絞れないことをぼやいたのだが、宇田川からの返信は「まあ、よろしく」とだけ。新たに付け加える情報も、労《ねぎら》いのひと言もなし。別に期待していたわけでもないが、まったく勝手なものだ、と呆《あき》れる。

翌日、東京から引き上げて、昼に界隈をひと回りした。幸い、これと言って事件はないようだ。昼食には、馬喰町の「さかゑ」に足を運んだ。おゆうが江戸に来るようになって以来の馴染みである、仲間の岡っ引き、源七《げんしち》の女房お栄《えい》が経営している飯屋だ。お栄の気風と、雇われ料理人兼吉《けんきち》の腕前が評判で繁盛しており、ここの煮魚と天《てん》婦《ぷ》羅《ら》は、東京のミシュラン一つ星店にも負けないいんじゃないか、などとおゆうは思っている。

「あら、おゆうさん、いらっしゃい」

暖簾を分けると、お栄が顔を向けて微笑んだ。

「今日のお昼は、揚げ豆腐とコハダの酢締めだけど、それでいい？」

「美味しそう！　もちろん、それでお願い」

あいよ、とお栄が威勢よく応じ、厨房の兼吉に伝えた。兼吉が返事しながらこっちを見たので、軽く手を振ると、笑顔の頷きが返った。

「ようおゆうさん、今日はまずまず暖けぇな」

小上がりで豆腐をつついていた源七が、笑みを浮かべて片手を上げた。岡っ引きとしては頼りになる男だが、顔がいかついので、鬼瓦が笑っているようだ。女房のお栄は三十路を迎えても綺麗《きれい》なので、夫婦並ぶと対照的なのが面白い。

「そうですねえ。四、五日前は冷えたから、ほっとします」

その冷え込みのせいで、おゆうは東京に逃げ込んでいたのだった。コロナの心配はまだあるが、炬燵《こたつ》部屋に閉じこもっている分には、問題なかろう。何しろ江戸の冬は、現代の東京よりずっと冷え、雪も多い。各種暖房器具の普及、保温性の高い建材の使用の他、地球温暖化も関係しているのだろうか。

おゆうが源七の前に座ると、間もなくお栄が膳を運んで来た。いい香りが鼻腔《びこう》に届き、食欲を刺激してくれる。おゆうは手を叩き、箸を取り上げた。少し甘味のある豆腐の出汁《だし》と、魚の酢がいい取り合わせになっている。ここの料理には、簡単なものであっても裏切られることがない。

全部腹におさめて満足したところで、源七が茶を啜《すす》りながら聞いた。

「ところで、昨日四ツ谷の方に行ったらしいな」

「えっ」

ぎくっとして茶碗を持ち上げかけた手を止めた。

「知ってましたか」

「うん、ちょっと聞こえてきた。あんたを見てる連中は、結構いるからな」

はあ、とおゆうは小さく溜息をつく。竹次郎から流れたに違いあるまい。やっぱり近頃の自分は、注目されやすいらしい。

「あっちで何かあったのか。行方知れずの奴がいるとか、いないとか」

そこまで話が出ていたか。現代のＳＮＳほどではないにしろ、江戸の口伝《くちづて》も侮れない。充分気を付けないと。

「そうなんですよ。ちょっと義理のある人に頼まれちゃって。でも、あやふやな話だったので、何も引っ掛かりませんでした」

「行方のわからねえ奴は、見当たらなかったってことか」

「ええ。勘違いなんじゃないかなあ」

誤魔化すと、源七は特に疑う風もなく、「そりゃあご苦労なことだったな」と無駄足を同情するように言った。

やな」

「鵜飼《うかい》の旦那の耳にも入ってるだろう。気になるんなら、手ぇ貸してもらったらいい

そうか。源七が知っているなら、伝三郎《でんざぶろう》も承知しているに違いない。

南町奉行所の鵜飼伝三郎は、おゆうや源七を配下に持つ定廻《じょうまわ》り同心である。幾人もの岡っ引きを使って江戸の治安に目を光らせるのが役目だ。さらに岡っ引きたちは、それぞれ何人かの下っ引きを使っており、総勢は千人ほどにもなる。犯罪捜査担当の定廻り同心は十数人しかいないので、末端の捜査はおゆうたち岡っ引きに頼らねばならない。機構そのものが違うので直接比較はできないが、無理やり現代風に言うなら、伝三郎ら同心が警視の管理官、おゆうたち岡っ引きが警部補で班長、下っ引きがヒラの刑事巡査、とでもなろうか。

岡っ引きたちは奉行所の雇員ではなく同心が私的に雇っているので、源七ら真っ当な岡っ引きもいれば、やくざ紛《まが》いの悪党もいる。そうした連中の手綱をうまく引いて結果を出すのが、定廻り同心の腕だった。

「あの、源七親分、四ツ谷の竹次郎って岡っ引き、知ってます？　私の話も、その辺から出たと思うんですけど」

「ああ……竹次郎な」

源七は眉間に皺を寄せた。

「正直、評判はあんまり良くねえ。裏で強請《ゆす》りたかりに手を染めてる岡っ引きは多いが、あいつもその類いだ、って聞いてる。実際に何をやってるかまでは、知らねえが」

「やっぱり、おゆうが受けた印象の通り、悪徳岡っ引きであるようだ。

「ま、あんまり相手にしねえ方がいい奴だな」

源七は苦々しげに、言った。


日がだいぶ傾いた頃、冷えてきたので炬燵に火を入れて潜り込んでいると、表から「おう、おゆう、いるかい」と声がした。伝三郎だ。

「はあい。どうぞ上がって下さいな」

おゆうはぱっと顔を輝かせ、いそいそと出迎えに立った。

「ちょうど炬燵が暖まったところです」

腰の大小を預かって、奥に通す。伝三郎は、「こいつは有難《ありがて》え」と目を細め、早速炬燵に入った。この季節は熱燗《あつかん》が一番。おゆうは長火鉢でちろりを用意する。炬燵で差しつ差されつを楽しめると思うと、頬が緩んだ。

伝三郎の方も大きな事件はなかったようで、他愛無い話をするうち燗ができた。盃《さかずき》を用意して、さあどうぞと勧める。伝三郎は一杯目を干して、ほっと息をついた。

伝三郎の返杯を受けながら、おゆうは思う。こうして付き合い始めて、だいぶ月日が経った。世間ではずっと、おゆうは伝三郎の愛人と認識されており、どちらからもそれを否定はしないのだが、何故か伝三郎はあと一歩を踏み込んで来ない。最初はそれが歯痒《はがゆ》くて仕方なかったが、いつの間にか慣れてしまって、今ではこのままでも悪くないか、と焦《じ》らされるのを半ば楽しみ始めている自分に、時々呆れてしまう。今日も、水を向けても泊まってはいかないだろうな……。

「そう言えば、四ツ谷に行ったそうだが」

あらっ、その話になったか。でも昼間に源七から聞いているので、慌てたりはしない。

「ええ、そうなんです。ちょっと義理で頼まれちゃって」

おゆうは隠さず、行方不明の男を捜して成果がなかった旨を話した。

「あっちの竹次郎って岡っ引きに、咎《とが》められちゃいました。縄張りに勝手に首を突っ込むなって」

「竹次郎か。ふん、あいつはどうも、なあ」

伝三郎は顔を顰めた。

「うるさいから、奴の縄張りは荒さねえ方がいいぜ」

「はい、気を付けます」

素直に言って伝三郎の盃にもう一杯注ぐと、ふいに言われた。

「その義理のある相手ってのは、千住《せんじゅ》の先生か、その関わりかい」

うっと唾を飲み込む。そう来たか。

「ええ、まあ、先生じゃないんですけどそのお知り合いで」

出元は科捜研だから、宇田川の知り合い、と言っても嘘《うそ》にはなるまい。

「ふん、そうか」

伝三郎の口調が、急にぶっきら棒になった。どうも最近、伝三郎は宇田川の話になると機嫌が悪くなるようだ。おゆうは困って眉を下げた。

「で、結局、何も出なかったわけだ」

「え、ええ、そういうことです」

「ならまあ、いいや」

伝三郎は、この件はこれで終《しま》い、とばかりに盃の酒を一気に飲んだ。あまり追及されると窮するところだったので、おゆうはほっとする。だが、次の一杯を注いだ時、伝三郎はふと思い出したように手を止めた。

「四ツ谷と言やぁ、俺の方もちょっとあるんだが」

え、とおゆうも自分の盃を置く。

「何かありましたか」

「うん。お前、湯島《ゆしま》の紙問屋、土佐屋《とさや》を知ってるか」

「ええ、知ってますよ。そこそこの大店《おおだな》ですよね」

三代目か四代目になる老舗で、近所である学問所にも紙を納入している、信用ある店だ。

「そこで何か?」

「うん、実は一昨日、若旦那の満之助《まんのすけ》が出奔した、と相談を受けてな」

「え、若旦那の行方がわからないんですか」

おゆうは満之助を知っているわけではないが、大店の跡取りが急に消えるとは、何があったのだろう。

「店で何か、揉め事でも」

相続に関するトラブルなら、大店では珍しくもない話だ。だがそれで姿を消す羽目になったなら、店の信用に傷がつくから、あまり公に相談したりしないと思うが。

「いや、これといった揉め事はないようだ。だが何も言わずに急にいなくなったので、店じゃあ随分と心配している」

「悪い連中に関わったとか、そんな話でもないんですか」

「そういうことでもなさそうだ。至って真面目な男で、賭場や岡場所に出入りするでもなし、金のかかる遊びにのめり込む、なんてこともなかった」

ただな、と伝三郎は言う。

「土佐屋の旦那が気にしてることが、一つある。どうも満之助は、出入り先の御武家の奥方と、密通してたんじゃねえか、って話があってな」

「えっ、不義密通ですか。まさか、駆け落ち？」

武家の奥方と若旦那が道ならぬ恋に落ちた揚句、という話は、レディースコミックならウケるネタかもしれないが、現実に起きたらかなり厄介だ。相手次第では、成敗するための追手がかかるかもしれない。

「いや、今のところわからん。相手の武家屋敷に聞きに行くわけにもいかんしな」

「そりゃそうですね。相手はどんな御家か、わかってるんですか」

「ああ。四百石の御旗本だ」

四百石なら、旗本として中堅と言っていいだろう。あまり軽く扱える家ではない。

「でな。その御家が、四ツ谷なんだよ」

え、とおゆうは眉を上げた。

「四ツ谷のどの辺りで、何という御家ですか」

「いや、まだそこまで詳しく聞いてねえ。向こうも打つ手がなくなって相談はしたものの、町方を本気で巻き込むべきなのか、迷ってるような話だ。それで、だ」

伝三郎は、ちょっと済まなそうな目付きでおゆうを窺《うかが》った。

「四ツ谷の話が出たから、ってわけでもねえが、一つお前が話を聞いてやってくれねえか」

八丁堀が公に乗り出すのは、町の相談も受ける岡っ引きという立場のおゆうを使って、もう少し様子を見極めてからの方がいい、との考えらしい。ちょっと面倒そうな話だな、とおゆうは思った。でも、伝三郎にはおゆうに有無を言わさず命令する権限もあるのに、敢えてそんな顔で頼まれたら、やるしかないじゃない。

「わかりました。明日にでも土佐屋に行ってみます」

「そうかい。手間かけるが、頼む。お前なら安心だ」

伝三郎は、にっこり笑って軽く拝むような仕草をした。もう、しょうがないなあ、とおゆうはちょっぴり赤くなる。

「でも、湯島のあの辺は、治五郎《じごろう》親分の縄張りでは」

「うん、初めに土佐屋の話を受けたのはあいつだが、最近、腰が悪いようで、何かあってても思うように動けねえ、とぼやいてたな。俺が話して筋を通しゃ、あいつも文句はねえだろう」

「ああ、それでしたら」

治五郎は湯島界隈の岡っ引きで、酸いも甘いも嚙《か》み分けるちゃんとした男だが、もう結構な年になっている。おゆうは、任せて下さいと微笑み、伝三郎にさらに一杯、注いだ。

三

土佐屋に行く前に、治五郎の家に顔を出した。一応、挨拶は通しておかないといけない。

「おう、おゆう姐さんかい。鵜飼の旦那から、さっき聞いたところだ。土佐屋の件、だよな」

治五郎は還暦を迎えたばかりで、髪は大方、白くなっている。つい先日までは元気に動き回っていたそうだが、ここへ来てこれまでの無理が、腰に出てしまったらしい。

「急にお邪魔しまして、済みません」

大先輩に敬意を表して丁寧に頭を下げると、なあに、と治五郎は笑った。

「あんたみたいな別嬪なら、いつだって歓迎すらァな」

ちょうど茶を持って来たおかみさんが、「何を年甲斐《としがい》もないこと言ってんだか」と噴き出した。

「おゆうさん、気を付けなよ。枯れたように見えて、まだまだ助平心はあるからね」

お前こそ何を言いやがる、と治五郎が眉を逆立てるので、おゆうもつられて噴いた。

「あー、ごめんなさい。それでお加減の方は如何ですか」

「ちいっと腰が言うことを聞かなくなってな。面目ねえ話だが」

治五郎は忌々《いまいま》しそうに、自分の腰を叩いた。

「鍼《はり》は打ってもらってんだが、効いてるのか効いてねえのか、どうもわからん」

「焦らず養生なすって下さい。無理は禁物ですよ」

やせ我慢ばっかりするからですよ、おゆうさんからもよく言ってやって、とおかみさんが口を出すのを、「いいから引っ込んでろ」と手で追い払って、治五郎は本題に入った。

「土佐屋の満之助がいなくなったのは、半月ほど前だ」

「え、そんなに経ってるんですか」

土佐屋は伝三郎に相談するまで、だいぶ迷っていたわけだ。

「三日前に俺のところにこそっと話に来てな。こういう話はまず町名主さんに相談するべきだが、名主さんも生憎《あいにく》、病で臥《ふ》せっててよ。それでこっちに、ってことになったんだが、俺もこんな具合なんで、いっそのこと鵜飼の旦那に話してみなせえ、と言ったんだ」

「そうでしたか」

そこでおゆうは声を少し低めて、奥方との密通の話を聞いてみた。

「うん、それは俺も耳にしたが、詳しく聞く前に鵜飼の旦那に下駄を預けちまったんでな。土佐屋の方で聞いてくれ。たぶん、満之助に付いてた手代がよく知ってるはずだ」

「わかりました。満之助さんは真面目なお人と聞いたんですが、その、何と言うか、色恋にのめり込んじまうようなお人なんでしょうか」

「そうよなァ」

治五郎は顎に手を当て、首を傾げた。

「生真面目なだけに、一途《いちず》なところはある、かな。こうと思ったら突っ走っちまうような感じは、確かにあるなぁ」

「だとすると、ちょっと心配ですね」

治五郎の言うような性格なら、今頃は手に手を取って西国辺りに、と考えられなくはない。

一応、土佐屋の後継事情も聞いてみた。満之助は長男で二十一歳、大きな欠点もない男であり、弟はまだ十一で、しかも凡庸という評判らしい。満之助が店を継ぐのに、異論は全く出ていない、ということだった。そのため、今度のことを土佐屋では相当深刻に捉えているそうだ。

「ただちょっと気になるのは、この頃、土佐屋の商いはあまり具合が良くないらしい」

大口の取引先が潰れ、売り上げが落ちたようだ。それを埋める新規の顧客の開拓に、苦労しているという。

「ま、それが若旦那のことと関わりがあるわけじゃねえとは思うが」

治五郎は肩を竦《すく》めるようにして、言った。

聞けることは一通り聞いたので、おゆうは礼を述べて治五郎の家を辞した。治五郎からは、よろしく頼むと頭を下げられ、却《かえ》って恐縮してしまった。同じ岡っ引きでも、竹次郎などとは人間の出来が全然違うようだ。


土佐屋は間口八間（約十四・五メートル）ほどの店だった。紙問屋は日本橋《にほんばし》界隈に多く、この辺りでは土佐屋だけだ。古紙を扱う店ではなく、新しい紙だけ扱う比較的高級な店のようだった。武家の客も見えるのは、学問所にも納品しているからだろう。治五郎が言っていた経営不振の兆候は、表からでは捉えられなかった。

見本の紙が棚に並べられている店先に入ると、手代がすぐに十手に目を留めて寄って来た。伝三郎や治五郎から話は通っているようで、来意を告げるとすぐ、丁重に奥座敷に通された。

「このたびはどうも、ご厄介をおかけいたします」

土佐屋の主人、満右衛門《まんえもん》は、おゆうを迎えて深々と頭を下げた。年は四十五と聞いており、肩幅が広く相応の貫禄も備わっているのだが、だいぶ憔悴《しょうすい》が見え、表情も冴《さ》えなかった。

「若旦那のこと、ずいぶんとご心配でしょう」

おゆうが気遣うと、満右衛門は肩を落とした。

「恐れ入ります。何も告げぬまま、急にいなくなってしまったものですから」

満右衛門が言うには、満之助は無責任な男ではなく、連絡も言伝もなしに消えるとは思えないとのこと。何か悪いことが身に起きたのでは、と恐れていることがはっきりわかった。

「いなくなった時の様子を、教えて下さい」

問うてみると、満之助は十八日前、客先に伺うと言って朝から店を出たまま、戻らなかったという。客先というのがどこかは、はっきり言わなかったらしい。だが、それ自体は珍しくなかったので、最初は誰も不審に思わなかったそうだ。

「あの……お金は持っておられたんですか」

普段持ち歩く財布だけ、というなら、十八日も過ごせはしまい。その場合、最悪を考えた方がいい。だが、そうではないようだった。

「満之助は、五十両までなら店の金を自由に使えます。確かめたところ、十両ほどが持ち出されておりました」

なるほど。当座の資金を用意していったなら、計画的な出奔ということになろう。

「失礼を承知で伺いますが、駆け落ちの噂が出ているとか」

「ああ、はい。確かにそのような疑いも」

満右衛門の顔が歪《ゆが》んだ。それを最も恐れている様子だ。

「その辺の事情をご存じの手代がおられると聞きましたが」

「はい。すぐに呼びます」

満右衛門は座を立って障子を開け、「功助《こうすけ》はいるか」と呼ばわった。表の方から「へえい」と答える声がして、間もなく二十歳くらいの細身の男が、小走りにやって来て廊下に膝をついた。

「お呼びでございますか」

「こっちに入りなさい。こちらの親分さんに、満之助とあの奥方様のことを、申し上げるように」

功助は、一瞬びくっとしたが、すぐおゆうの前で両手を突き、話し始めた。

「四月《よつき》ほども前になります。四ツ谷の御旗本、名倉彦右衛門《なぐらひこえもん》様から、特別に紙のご注文を受けまして、若旦那様が出向かれ、手前がお供をいたしました」

昨夜伝三郎から聞いた通り、四百石の旗本で、今は無役だという。

「その後二、三度ご相談に参りました。見本をお持ちし、紙の仕様について打合せさせていただくためです。ところが、三度目の帰りがけに」

門を出ようとしたところで、奥女中に声を掛けられ、奥方様からもご注文がある、と奥へ呼び戻されたそうだ。

「奥向きのこと故、手前は遠慮しまして門の外でお待ちしました。四半刻足らずで若旦那はお戻りになりましたが、どうしたことか、少々難しい顔をなさっていまして。ご注文についてお聞きすると、奥方様が趣味を兼ねた紙細工の内職をされていまして、そのための千代紙だとのことで。後日お届けするとおっしゃいますので、そのくらいのお使いでしたら手前が、と申しましたのですが、若旦那様がご自身で伺うと」

「若旦那は、実際に千代紙を届けられたんですか」

「はい。五度か六度」

「千代紙を、そんなに何度も？」

千代紙は大量消費するものではないから、まとめて一度届ければ充分だろう。門外漢のおゆうにも、不自然だとわかる。

「はい。それで、いささか妙だなと思いまして、つい、その……」

ここで功助は、満右衛門の顔色を窺うようにした。満右衛門は、構わないから続けろ、と目で促した。功助は、小さく一礼して先を話した。

「失礼なことではありますが、尾《つ》けさせていただきました。すると、若旦那は名倉様の御屋敷には入らず、少し離れた自證院《じしょういん》というお寺に入りました。手前も入ってみますと、境内の奥で若旦那様が、御武家の女の方と、二人だけでお話を」

「……密会、ということですか」

おゆうが確認するように言うと、功助は躊躇《ためら》いがちに言った。

「そのように、見えました」

満右衛門が、溜息をついた。

「お相手は、名倉様の奥方に間違いないのですね」

「お顔を存じていたわけではございませんが、御旗本の御屋敷には度々出入りさせていただいておりますので、御着物から奥女中の方と奥方様、姫様の区別はつきます」

客先のことは、商人の心得としてしっかり見ているようだ。名倉家以外の家の奥方か姫、という可能性もゼロではないが、同時に出入りしていた旗本屋敷は他にないそうだから、それは考えなくて良かろう。

「奥方様は、お若い方なんですか」

「はい。お見かけしたところでは、若旦那様より二つ三つ、上くらいかと。なかなかに、そう、親分さんと同じくらいにお綺麗な方でございました」

ああそうですか、と応じながら、おゆうは内心で苦笑した。こんな場でもお愛想を忘れないとは、見上げた商人根性だ。だが功助の言う通り若くて美人なら、駆け落ちという話もだいぶ現実味を帯びる。

「どんな話をしていたかは、わからないんですね」

「はい、さすがにそれは。でもお顔の色からすると、だいぶその、深刻なお話だったかと」

　うーん、とおゆうは唸《うな》る。旦那についての不満、もしかするとＤＶとかの相談かな。もうあの家にはいたくない、一緒に連れて逃げて、とか。そりゃ、深刻だわ。ついつい頭の中に、不倫ドラマのワンシーンが浮かぶ。

「では、若旦那は千代紙を届けると称して、その寺の境内で、何度も奥方様と会っていたわけですね」

「はあ……手前は一度しか見ておりませんが、おそらくは」

「もしかして、若旦那が姿を消した時に出向いた客先は、名倉家ですか」

　ほぼ言わずもがなだと思ったが、念のため聞いてみる。功助は、「だと思います」と答えた。

「まったく、どうして血迷ってしまったか、本当に情けない限りです」

　満右衛門は、いかにも無念そうに言った。もう満右衛門の胸中では、満之助の駆け落ちは既成事実になっているようだ。

　名倉家の様子も窺ってみた方がいいかな、とおゆうは思った。もちろん屋敷内には入れないが、本当に奥方が駆け落ちしたなら、気配くらいはあるかもしれない。出入り商人を見つけて、様子を聞くこともできるだろう。

「名倉様の御屋敷は、四ツ谷のどの辺ですか」

「はい、四ツ谷塩町の北側でございます」

えっ、とおゆうは言葉を吞んだ。それは、あの骨の手掛かりを求めて歩き回った、まさにその場所ではないか。


馬喰町へ戻り、番屋で一服して待っていると、八ツ半頃に伝三郎が見回りにやって来た。

「おう、いたか。土佐屋へ行ってくれたのかい」

伝三郎が上がり框《がまち》に腰を下ろしたので、その隣に寄り添って座る。木戸番の爺《じい》さんは、気を利かせて奥に引っ込んだ。

「どうも本当に、駆け落ちした疑いが濃いですねえ」

おゆうは功助の証言について話した。自證院の境内で度々密会していたらしい、と聞いて、伝三郎も「なるほどなァ」と得心顔になる。

「道ならぬ恋、ってやつか。その御旗本の奥方ってのも、なかなかだな」

旗本家ともなれば、御家のために様々なことを背負わねばならない。武家の女として、恥ということも重くのしかかる。なのに町人と駆け落ちにまで至ったとは、ずいぶん情熱的な女だ。伝三郎は、そんな風に考えたらしい。

「どう始末をつけるか、ってことを考えると、厄介だな」

確かに名倉家にとっても土佐屋にとっても、絶対に表沙汰にはしたくないわけで、互いに収め方を探ることになるだろう。

「見つかれば二人とも手打ちになるところだ。危なかったな」

「ええ。でもちょっと、頷けないところも」

うん？　と伝三郎が顔を向ける。

「何か変なのか」

「変、と言うか……物事には、順番があると思うんですよねえ」

一目惚《ひとめぼ》れだったのかもしれないが、密会に進んだら、次は寺の境内で立ち話なんかではなく、船宿か何か、落ち着ける場所を使うだろう。子供でも小娘でもないのだから、そうやって逢瀬《おうせ》を重ね、体の関係を持って、やがてどうにも離れ難くなり、さあ駆け落ち、というのがプロセスだと思うのだが。

「いずれにせよ、会って四月足らずで駆け落ちまで進むのは、ちょっと早いような」

「ふうむ。それは確かに道理だが、男と女にゃ、勢いってものがあるからなあ」

「勢いって……鵜飼様がそれ、言います？」

自分はぎりぎりで止まって、私にその先を一向に仕掛けてこないくせに。言わんとすることが伝わったようで、伝三郎は啜りかけた茶を噴いて、慌てて咳払《せきばら》いした。

「そ、そうか、うん。おかしいと言ゃァ、おかしいかもな」

取り繕うように言うので、おゆうは畳みかけた。

「名倉様の家の様子を、窺いに行ってみようと思います」

「おいおい、旗本家に首を突っ込もうってんじゃねえだろうな。土佐屋のことは俺から頼んだとはいえ、そこまでは駄目だ」

「外から見るだけですよ。何か気配でも見えれば、めっけものです」

もう一段食い下がると、伝三郎は仕方なさそうに、「充分気を付けろよ」と渋面で言った。


翌日、改めて四ッ谷に足を運んだ。往復十五キロ、結構な運動量だ。四ッ谷塩町まで来て、大道から北へ、細い道に入る。前回も確か、この道は通った。武家屋敷には表札などは出ていないので、功助が手書きで記してくれた地図を懐から出し、ここだと見当を付けた門の前に立った。両隣に比べると、まあまあ立派な構えだ。

近くには四ッ谷大木戸《おおきど》があり、その前は御三卿田安《ごさんきょうたやす》家の広大な屋敷になっている。隣接して、柳生家一万石の下屋敷もある。それらは別格としても、名倉家はその近隣では比較的大きい方だろう。外から見た感じでは、三、四百坪くらいだろうか。

門の内は、深閑としていた。さすがに、駆け落ち騒動が続いていると期待したわけではないが、耳を澄ましても何の物音もしないので、様子はさっぱりわからなかった。少し物陰で待ってみたが、奥女中や中間《ちゅうげん》が出てくることもなかった。

（そう都合良くはいかないよね）

だいたい、奥女中など摑《つか》まえても、商家の下女などとは違って、町方に家の中のことを喋るとは思えない。中間とかなら、どうせ派遣かバイトだから、買収できなくはないが。

四半刻ほど様子を見たが、何も動きはないので、諦めた。やはり近隣の出入り商人を捜して話を聞いてみるのが良さそうだ。塩町の商家で順に聞いてみれば、どの店が名倉家に出入りしているか、わかるだろう。

だが大道に出ようとしたところで、おゆうは舌打ちした。一番会いたくない奴が、目の前に現れたのだ。

その相手、竹次郎はおゆうの姿を認めると、目を怒らせてずんずん迫ってきた。

「またお前か。言ったはずだぜ。人の縄張りに首を突っ込むな、ってな」

「何もやっちゃいませんよ。見て回ってただけで」

「見て回ってただと？　へん、それこそが目障りだってんだよ。この前言ってた、行方知れずがどうとかって話はもう済んだんじゃねえのか。何のつもりだ」

竹次郎は、脅すかのように言った。一瞬、おゆうは名倉家の駆け落ちについて、情報を引き出そうかと思った。ここの岡っ引きである以上、何か知っているはずだ。だがこんな奴を話に噛ませたりしたら、却って厄介な事になるのは目に見えている。

「何のつもりも、ありゃしませんよ。もう帰りますから」

おゆうは竹次郎を振り払うようにして、そそくさと退散した。

「またここで見かけたら、ただじゃ済まさねえぞ」

俺と一晩付き合うってんなら別だがな、などという声が下卑た笑いと共に聞こえ、虫唾《むしず》が走った。


御濠沿いに市ヶ谷田町《いちがやたまち》まで来ると、番屋が目に入った。腹立ちが収まらないので、一服させてもらおうと歩み寄り、「ちょいとお邪魔します」と言って戸を開けた。

「あれっ、おゆうさんじゃねえか」

上がり框で茶を啜っていた小太りの同心が、さっと顔を上げて驚いた表情を浮かべた。

「あ、境田《さかいだ》様。こちらでお見回りでしたか」

挨拶すると、まあ座んな、と手招きされ、向き合う形で長床几《ながしょうぎ》に腰を下ろした。

「縄張りからずいぶん離れてるじゃねえか。伝さんから何か、指図があったのかい」

境田左門《さもん》は伝三郎の最も親しい同僚で、おゆうとも馴染みである。童顔だが頭は切れ、顔の広さから膨大な情報を貯《た》め込んでいるという、大変頼りになる男であった。

「ええ。土佐屋の若旦那がいなくなったことについて、ちょっと」

「ああ、湯島の紙問屋だね。満之助と言ったかな、若旦那は」

さすがは境田、すらすらと出てくる。

「で、そいつはどうして消えちまったか、わかったのかい」

「ええ。でもちょっと、話がややこしくなりまして……」

口籠ると、境田の目が光った。興味を覚えたらしい。

「良かったら、その先で蕎麦《そば》でもどうだい。話を聞くぜ」

そう言えば、昼飯時だった。おゆうはお言葉に甘えることにした。


だいぶ冷えたので、暖かい蕎麦は嬉しい。境田は鴨南蛮《かもなんばん》を奮発してくれたので、有難くご馳走《ちそう》になる。

食べながら、満之助が駆け落ちしたらしいことを話した。これは境田も初耳だったようで、目を見開いた。

「へえ、御旗本の奥方と、ねえ。あの若旦那も、結構やるもんだ」

「それで御旗本の御屋敷のある四ツ谷に行ってみたんですけど、あすこの岡っ引きの竹次郎ってのが出て来て」

おゆうは竹次郎についての恨み言をぶちまけた。境田も、あいつかと苦い顔をする。

「十手を専ら、誰彼なく金を巻き上げるのに使う奴だからな。出くわしたのは、災難だった」

何であんなのに十手を、と思うが、裏社会の情報を得るための必要悪、と考えられているので、おゆうがいくら不満でも仕方がなかった。

蕎麦を平らげ、茶が出たところで境田が聞いた。

「さて、その御旗本の名前を聞いてなかったな。何て家だい」

「ああ、四ツ谷塩町の北側の、名倉様という御家ですよ」

何、と境田の顔つきが変わった。

「名倉だと？　四百石の名倉彦右衛門か」

今度はおゆうが驚いた。

「境田様、ご存じなんですか」

境田の顔が広いのは承知しているが、四ツ谷の旗本家まで知っているとは驚いた。いや、これはたまたまなのか？

「そこの奥方は、和江《かずえ》様というんだが」

境田は難しい顔になり、声を低めた。おゆうもつい、身構える。

「はい。そのお方が満之助さんと……」

言いかけるのを、境田は手で制し、おゆうに顔を近付けた。

「その和江様はな、半月前に、死んでるんだよ」

第二章　謎の旗本屋敷

四

蘭方医、荏原洪善《えばらこうぜん》は、四ツ谷御門近くの四ツ谷伝馬町に看板を掲げていた。年は四十の坂を越えたところ、評判はまずまずで、近隣の旗本御家人らからも、頼りにされているという。

おゆうが訪ねて行くと、洪善は鼻の下に髭《ひげ》を蓄えた角張った顔に、安堵の表情らしきものを浮かべた。

「境田様からお聞きに。そうですか、それは誠に、ご苦労様です」

いかにも心配事を抱えていた様子だ。おゆうは挨拶もそこそこに、問いかけた。

「名倉様の奥方様の亡くなりように、ご不審がおあり、と伺いましたが」

「はい、そうなのです。そのせいで、どうにも落ち着きませんで」

洪善はまだ浮いてもいない額の汗を、拭う仕草をした。

「表立っては、心の臓の発作、ということにしておりますが、あれはそのようなものではございません」

洪善は、はっきりと言い切った。

先刻境田から聞いた話によると、名倉和江は半月ほど前に急に倒れ、そのまま亡くなった、という。死亡を確認したのは、名倉家の家人に呼ばれた洪善だった。洪善は名倉家には以前から出入りしており、先代の死去の際も立ち会ったそうだ。

「ところが、行ってみると、どうも様子がおかしい。和江殿は洪善が着いた時には、既に亡くなっていたそうでな。二日ばかり苦しんでいたようなのに、亡くなるまで医者を呼んでなかったんだ。何故もっと早く呼ばなかったかと洪善は聞いたが、それほど深刻とは思わなかった、ってぇ返事だったんだと」

境田は、いかにも変だろう、という風におゆうに語った。

「確かにおかしいですね。まるで死んでほしかった、みたいな」

「そうなんだ。しかも、名倉は洪善に、心の臓の発作だろう、と押し付けるように言って来たんだ」

「医者に向かって、そんなことを？」

いくら旗本でも、死因を決めつけるとは無体だ。そういう時は、家の事情などで本当の死因を表に出せない場合が考えられる。この場合はどうだろう。駆け落ちの件が、絡んでいるのだろうか。

「うむ。洪善も困ったようだが、死因がはっきりしない以上、心の臓に何かあった、と公にはしておくしかねえんで、従ったそうだ」

現代でも、「心不全」と発表された場合は、これと言って明確な死因が確定できないケースであることが多い。それと同様か。

「それで渋善さんは、境田様にご相談なすった、というわけですか」

「その通り。渋善は、医者として自分の腹だけに収めておくわけにはいかん、と思ったんだな。俺のところに来て、不審があると言ったんだ」

しかし旗本屋敷じゃあ、町方は手が出せねえ、と境田は渋い顔でこぼした。

「何もできねえまま、内々だけで地味な葬儀がされたんで、一応行ってみたんだが、知り合いでもないんで入れはしなかった。けどなあ、口の軽そうな八百屋の若ぇのがいたんで、ちょいと聞き込んではみたよ」

やはり境田は抜け目がなかった。さすがと持ち上げると、境田は口元でニヤリとした。

「和江殿は三年ほど前に名倉家に嫁したんだが、子ができなかった。それで名倉に疎まれるようになったんだが、和江殿の方もどっちかってぇと、しおらしい女じゃなかったようなんで、家の中は相当ぎすぎすしてたらしい」

名倉の両親は、既に亡くなっているそうだ。子ができなければ親類筋から養子をとればいいが、そういう話も進んではいなかったらしい。旗本家にとっては家を存続させることが至上命題であるはずなのに、そんな状況だったのは、夫婦仲が余程冷え切っていたのだろう。離縁は時間の問題だったに違いない。

「そんな中で、駆け落ち騒ぎが起きた、ということは……」

おゆうの頭に強い懸念が湧いた。まず浮かんだのは、駆け落ちを隠すために死亡を装った、ということだ。存在を消してしまえば、家名に傷はつかない。だが、洪善が実際に死亡を確認しているなら、殺人事件である可能性が大きくなる。

「あの、洪善さんに話を聞きに行ってもいいですか」

おゆうが聞くと、境田は「構わん」と頷いた。

「土佐屋の若旦那が絡んでるとなると、詳しく調べた方がいい。寧《むし》ろ、こっちから頼むわ」

おゆうは、承知しましたと応じ、すぐその足で洪善の家に来たのである。


「心の臓の発作でなければ、何だとお考えですか」

おゆうが質《ただ》すと、洪善の口調は少し慎重になった。

「はい……発作ならば、胸に激しい痛みがあり、そのまま亡くなることもございます。或《ある》いは、一旦治まった痛みがまた繰り返され、何度目かに亡くなる場合も。しかし奥方様はそうした痛みがないまま、息が苦しいと二日ほども寝込まれました。吐いたりもなさったようです」

しかも洪善は、和江が心臓に問題を抱えているとは、これまで聞いたことがなかったという。確かに、心筋梗塞などではなさそうだ。おゆうは先を促した。

「お心当たりの病は、ありますか」

おゆうは内心、病ではあるまいと思っていた。洪善は顔を歪めたが、意を決したように言った。

「病ではなく、毒によるものではないか、と」

やはりか、とおゆうは得心する。おそらく、呼吸困難を引き起こす神経毒だ。附子《ぶす》、つまりトリカブト毒の類いだろう。これまでに扱った事件でも、使用例は幾つかある。

「毒が使われたと、断じることはできませんか」

「拝見したのは亡くなってからですし、直《じか》に亡骸《なきがら》を調べることも叶《かな》いませんでしたので、断じるところまでは。境田様に不審をお伝えするのが精一杯でございました」

江戸でも初歩的な検死くらいはできる。町方が初めから乗り出していれば、毒殺と見抜くこともできたろうが、この場合は無理だ。相手も、それを見越していただろう。洪善が医者としての義務を感じて知らせてくれなければ、闇に葬られていたところだ。

「ありがとうございました。よく知らせて下さいました」

おゆうは丁重に礼を述べて、また協力を頼むことがあるかもしれないと言い置き、洪善のもとを辞した。洪善は肩の荷が下りたような様子で、何卒《なにとぞ》よろしく、と頭を下げた。

帰り道を辿《たど》りながら、おゆうは考えた。和江が死んだのは、満之助がいなくなったのと、ほぼ同時だ。内々だけの葬儀だったというから、土佐屋の人々が和江が死んだことを知らず、駆け落ちだと思い込んでいたのは仕方がない。ではいったい、満之助はどうなったのか。

背筋が寒くなった。寒風のせいだけではない。和江が殺害されたなら、満之助も同じ目に遭ったのではないか、と想像したのだ。そこでふっと思い付く。

（まさか、あの骨……）

場所的には、ぴったりだ。だが骨の推定年齢は四十歳くらいで、満之助とは倍の開きがある。しかし推定は本当に、間違いないのか。二百年も土に埋まっていた骨なのだ。様々な自然条件が作用して、劣化度合などから推定を狂わせている可能性は、ないか。

おゆうは専門家ではないから、あり得るともあり得ないとも言えなかった。だが、調べてみる必要はある。今日はまだ日も高いし、土佐屋は帰り道の途中にある。おゆうは土佐屋に寄ってみるべく、足を速めた。

土佐屋の暖簾をくぐると、顔を見た途端に手代が飛び出し、おゆうを奥へ通した。間を置かず、満右衛門が期待のこもった顔つきで、ばたばたと座敷に入って来た。

「おゆう親分さん、お運び恐れ入ります」

それで手掛かりは、と聞こうとする満右衛門を制し、落ち着いた口調を心がけて、言った。

「申し訳ありませんが、まだ手掛かりというほどのものは」

おゆうは、駆け落ち相手と思われている名倉和江が、既に亡くなっていると伝えるべきか、悩んだ。だが、遅かれ早かれ耳に入ることだ。正直に、告げた。

「えっ、名倉様の奥方様が」

満右衛門は絶句した。

「では……では、駆け落ちではなかったのですね」

「はい、そういうことになります」

和江が殺害されたという疑いについては、伏せておいた。今それを話せば、いたずらに満右衛門の心配を増幅させるだけだ。

満右衛門は、うーんと唸って天井を仰いだ。様々な思いが、頭を駆け巡っていることだろう。和江の死を知って深く傷ついた心を癒そうと旅に出た、とか、不倫の発覚を恐れて身を隠した、とか、幾つかの解釈は成り立つ。

「満之助さんが姿を消した理由は、名倉の奥方様とは関わりなかったのかもしれません」

おゆうは言った。はて、と満右衛門は首を捻る。

「では、どんなことが考えられましょうか」

「わかりません。それで、満之助さんのお部屋を拝見したいのですが。あと、着物や夜具も」

「は？　はい、承知いたしました」

夜具まで求めたのに、満右衛門はちょっと訝《いぶか》しんだ様子だったが、すぐに女中を呼ぶと、おゆうを満之助の部屋に案内させた。

こちらでございます、と示された部屋は、八畳ほどの座敷だった。もう一つ奥が、満右衛門と内儀の居間らしい。部屋は当然のことながら、綺麗に掃除されていた。聞けば、満之助が姿を消しても、毎日掃除しているという。そうでない方が有難かったのだが、仕方ない。

「御着物は、こちらです。夜具は、こちらに」

女中は簞笥と、衣文《えもんか》掛けに吊《つ》るされた羽織、押入れを指した。おゆうは礼を言って、女中にもう戻るように言った。邪魔するな、ということだ。女中は察して、何かあったらお呼び下さいと言い残して下がった。

おゆうは畳に膝をつき、隅々まで調べていった。女中の掃除は丁寧で、おゆうにとっては不都合なことに、埃《ほこり》や糸くず一つ、落ちていなかった。

畳を諦め、簞笥の着物を順に調べた。そこでようやく、髪の毛を一本、見つけた。簞笥にしまう時、着物から落ちたもののようだが、女中のものという可能性もある。取り敢えずその髪の毛を懐紙に包んで懐にしまい、押入れを開けて夜具を出し、広げた。

布団と枕をミリ単位でチェックすると、女中の目を逃れた髪の毛が、あと三本見つかった。このＤＮＡを調べて、全部が同じ男性のものとわかれば、満之助の髪と考えて良かろう。

当面の用は済んだので、おゆうは調べは終わったと伝え、土佐屋を出た。満右衛門は何かわかったのかとしきりに尋ねたが、今答えられることは何もなかった。

家に帰ったおゆうは、すぐに押入れに潜り、奥の羽目板を開いて急いで階段を上った。東京の家に入り、懐紙に包んでいた髪の毛をジップロックに移す。それをメモと一緒に封筒に入れ、宇田川宛の速達郵便にして、ポストに走って投函した。明日には届くはずだ。

やるべきことを済ませると、のんびりせずに江戸に取って返した。日暮れ前に、伝三郎が来るだろうと思ったのだ。納戸に入りかけ、ふと気付いて冷蔵庫から佃煮を出して、持って行く。江戸の家に酒は置いてあるが、煮売り屋に寄る暇がなかったので、つまみがないのだ。江戸では食料の長期保存がきかないので、東京の方である程度のものは確保してあった。江戸の煮売り屋で買った惣菜《そうざい》を東京の冷蔵庫に入れ、電子レンジでチンして食べたこともある。

江戸の家の畳に座って炬燵に火を入れると、四半刻も経たないうちに、表口で伝三郎の声がした。良かった、見込み通りだ。

「途中の居酒屋でいい匂いがしたんでな。おでんを買って来た」

伝三郎は丼鉢の包みを差し出した。開いてみると、串に刺したこんにゃく、竹輪、大根などがまだ湯気を上げている。これは美味しそうだ。

「わあ嬉《うれ》しい。寒い日はやっぱり、これですね」

おゆうはいそいそと燗酒の用意をした。佃煮とおでんを膳に並べて炬燵の脇に置き、さあどうぞと一杯注ぐ。伝三郎は目を細めて一杯目を干してから、言った。

「左門から聞いたんだが、土佐屋の満之助と駆け落ちしたんじゃねえかと思った名倉の奥方、亡くなってたんだって？」

やはり境田はあの後、伝三郎に話していたのだ。おゆうもそう思って、伝三郎がその話で来ると読んだのだが、当たっていた。

「そうなんですよ。その時に呼ばれた蘭方医の方にも、会って話を聞いてきました」

おゆうは洪善に聞いたことを、逐一語った。伝三郎の表情が険しくなる。

「毒殺かもしれねえってのか。穏やかじゃねえな」

伝三郎は、盃を持った手を止めて、考え込んだ。

「駆け落ちしようとしたのに気付いた名倉の殿様が、世間に知られないよう奥方を殺した、てのはありそうだ」

「ええ。だとすると満之助さんも、もしかしたら」

殺されてるのかも、と言ってみた。ただし無論、骨のことについては江戸では口にできない。

「それは確かに考えられるが」

伝三郎は、首を傾げる。引っ掛かりがあるようだ。

「駆け落ちするほどの仲だったのが確かなら、不義密通ですよね。殺されても仕方ないのでは」

江戸では不義密通、つまり姦通《かんつう》は、れっきとした犯罪だ。江戸時代だけの話ではなく、姦通罪そのものは現行刑法が施行される戦後すぐまで、存在していた。旧刑法での刑罰は禁固刑だったが、江戸では死罪となり、かなり重い。そればかりか、夫が不貞を働いた妻と相手の男を殺しても、罪に問われなかった。武家なら当然、御手打ちOKとなる。

「うん。そうなんだが、やり方がどうもな」

「毒殺は、おかしいですか」

「ああ。旗本家で不義密通となりゃ、武士として手打ちにするだろう。まあ満之助はそうされちまったかもしれねえが、奥方の方を、二日もかけて毒で殺す、なんてのはなあ。しかも医者を呼んで、心の臓の発作、ってことに無理矢理したわけだろ」

確かに、する必要もない小細工をしているように見える。

「隠したかったんですかね。御家の恥ということで」

「そうだな。不義密通が表沙汰になりゃ、恥ばかりか、親族連中から家中取締不行届き、なんて言われかねん。隠そうとするのも、わかると言ゃァわかるが」

わかると言いつつ、伝三郎はどうも納得し切れない様子だ。

「まだご不審が？」

「うん。密通の相手は、れっきとした大店の跡取りだ。土佐屋にとっても、不義密通は店の信用を損なう恥だ。そうと知ったら隠しておきたいだろう」

現に、駆け落ちの疑いがあることを俺たちに話すのに、十日以上も迷ってたんだからな、と伝三郎は続ける。

「つまり、名倉家にとっても土佐屋にとっても、世間に知られちゃ不都合な話だ。だったら、名倉は満之助と奥方を手打ちにした上で、土佐屋に互いにこの件は世間に伏せよう、と持ち掛け、事を収めようとするんじゃねえか」

あ、とおゆうは膝を打った。伝三郎の言う通り、双方協力してスキャンダルを隠蔽《いんぺい》するのが、この場合は最も得策だ。だが名倉は、土佐屋に何も告げていない。満之助は駆け落ちではなかったとおゆうが伝えた以上、土佐屋満右衛門は倅《せがれ》が手打ちになった可能性に、もう気付いているだろう。だとしても、土佐屋の側から名倉家に対してアクションを起こすわけにはいくまい。

「そうですね。名倉様の方から話をすれば、蓋をするのは簡単ですよね。なのに動いていない、というのは……」

「どうもこいつは、単なる不義密通じゃねえのかもしれねえな」

伝三郎は眉間に皺を寄せながら、大根を齧《かじ》った。

翌日は、土佐屋の周辺で満之助の評判を聞くのに費やした。店の者の証言だけでは身内贔屓《びいき》のバイアスがかかるだろうし、真面目なボンボンでも裏の顔がある、というケースだってあるからだ。しかし、何軒か聞いてみても、満之助について悪い評判は出なかった。性根は真っ直ぐで生真面目、責任感もあるという。顔だって悪くないし、これなら旗本家の奥方であれ何であれ、女に惚れられるのは当然か、と変に納得してしまった。実際、近所や同業者の娘が恋心を抱いている、という内緒話も複数、聞けた。しかしそのいずれも、満之助の失踪と関わりがあるとは思えなかった。

午後遅くには、前日に続いて伝三郎が来てくれた。伝三郎も名倉家が怪しい、ということについては認め、奉行所内でそれとなく感触を探ってくれたそうだ。だが、奉行に報告して老中経由で目付を動かせるか、となると、やはりかぶりを振った。

「今のところ、何かおかしいってだけで、何も見えてねえ。お前も認めた通り、満之助と奥方を殺したとしても、不義密通を成敗したと恥を忍んで言われちまえば、それまでだ」

「じゃあ、放っとくんですか」

ちょっと不満に思って頬を膨らませると、伝三郎はまた考える仕草をした。

「いや、そうあっさり放り出すわけにもいくめえ。満之助がどうなったか、わかるまではな」

手打ちだったとしても、死骸は見つかっていない。だから死んだとはまだ言い切れない。伝三郎はそんな風に言った。おゆうの頭には例の骨が浮かんだが、うっかり喋らないよう気を付ける。

「じゃあ、続けて名倉家の周りを探りましょうか」

おゆうが聞くと、伝三郎も「そうだな」と頷いた。

「だが、目立たねえようにしろよ。向こうに気付かれると厄介だ。町方が何のつもりだとねじ込まれる」

本来ならあの辺の岡っ引きを使うんだが、と伝三郎は渋い顔をした。

「四ッ谷塩町界隈は、竹次郎の縄張りだからな。あの野郎、意外に鼻が利くが、そいつはてめえの儲《もう》け仕事のためだ。何か摑んでたとしても、こっちには話さずに金にしようとするだろう。そんな奴は使えねえ」

お前もあいつには気を付けろよ、と伝三郎は釘《くぎ》を刺した。

「一応、源七にも声を掛けておく」

「はい、お願いします」

おゆうは少しほっとして、伝三郎に一杯注いだ。頭の中では、DNAが一致して骨が満之助だとわかった場合、どうすべきかと考えていた。

次の朝のこと。朝からやっている飯屋で朝食を摂ってから、馬喰町周辺をひと回りして戻った。一服したら、四ッ谷塩町にまた行ってみよう。満之助の目撃情報が出るかもしれない。

そう思って立ち上がりかけた時、押入れの中でがたがたと音がした。えっ、と思って押入れを凝視する。すると、襖がすうっと開き、宇田川がのっそりと現れた。おゆうは目を剝《む》いた。

「ちょ、ちょっと。何やってんのよ」

「うん、ちょっと来てみた。骨の調べが行き詰まりかけてるようだからな」

　まるで当然のことのように宇田川は言った。

「ほら、草鞋《わらじ》もちゃんと持って来たぞ」

　宇田川は、この頃すっかり着慣れてきた江戸用の着物の懐から草鞋を出して、おゆうに見せた。おゆうは苦笑を浮かべる。以前、草鞋を持って来るのを忘れ、おゆうが慌てて東京に取りに行ったのを覚えているのだ。

「はいはい。でも、行き詰まってるって何よ。DNAの照合用に、髪の毛を送ったでしょう」

「ああ、これな」

　宇田川は続けて懐から、ジップロックに入った髪の毛を取り出した。やれやれ、江戸に持って来るなら、懐紙に包み直すとかしてもらいたいものだ。しかし、随分早い。

「もうやってくれたんだ」

「こっちから持ち込んだ話だからな」

　よく見ると、宇田川の目は赤かった。徹夜仕事をしてくれたのかもしれない。

「それで、どうだった」

「違った」

は？　あまりにあっさりした答えなので、思わず聞き直す。

「違ったって」

「だから、ＤＮＡが違った。骨のと、一致しなかったんだよ」

五

「駄目だったかぁ」

うーんとおゆうは頭を振った。それでも、念のため確かめる。

「あの髪の毛、三本とも同じＤＮＡだった？　男性の？」

「ああ、確かに同一人の男性だ。それは間違いない」

やはり女中の髪の毛ではなく、満之助のものだ。あの骨は満之助ではないし、当の満之助は行方不明のまま。やれやれ、振り出しに戻ってしまった。

「まあ、仕方ないわね」

「髪の毛は、誰のものなんだ」

「土佐屋っていう紙問屋の、二十一歳の若旦那」

「二十一？　あの骨の推定年齢は四十歳前後と言ったはずだが」

はいはい、その通りです。

「それなりの根拠はあったのよ。だからもしかして、推定年齢の方が違ってた、てのもあり得るかな、と」

馬鹿な、と宇田川は切り捨てた。

「データは確かだ。従ってもらわないと、困る」

宇田川としては、分析結果が全てに優先するのだ。ここは反論できないので、素直に「ごめん」と言っておく。

「他にＤＮＡサンプルはないのか」

「今のところ、ないよ」

宇田川は、やっぱりそうかと嘆息した。

「思った通り、行き詰まってるじゃないか」

確かに手詰まりだが、上から目線ではっきり言われると苛立つ。

「手掛かりが少な過ぎるんだから、しょうがないでしょ」

四十歳の男が、江戸に何人いると思ってるんだ。今日の時点で死んでるのか生きてるのかすらわからないのに、どうしろと。つい口調がきつくなったが、宇田川に言い返された。

「骨に拘《こだわ》り過ぎだろう。遺留品があるじゃないか」

宇田川は、また懐に手を突っ込んだ。某ネコ型ロボットのポケットではないが、いろんな物を入れてきたらしい。

「これについては、まだ調べてないんだろ」

宇田川が差し出したもう一つのジップロックには、骨と一緒に見つかったあの金属片が入っていた。

「あれっ、これ持ち出しても、構わないの」

一応は科捜研からの預かり品だ。なくすと責任問題になりかねない。

「構わなくはないが、向こうに置いといても仕方がない。現物を持って来なけりゃ、何なのか調べようがないだろ」

それはそうだ。こういうことについて、宇田川は割り切っている。いや、唯我独尊、と言うべきなのかもしれないが。

「ならいいけど、わざわざあんたまで来る必要、ある?」

「ああ。科捜研への手前、できるだけ早く片付けたい。俺から頼んだ以上、手伝うのは当然だろ」

「へえ。そう言ってくれるなら、有難いけど」

宇田川にしては殊勝だ。だが普段の様子からして、眉唾だとおゆうは思った。結局宇田川は、この件を口実に、江戸で動き回りたいのだろう。たぶん科捜研からの依頼を受けたのも、本当はそのためだ。格好つけなくても、江戸で何か採取したけりゃ、いつ来ても別に構わないのに、とおゆうは内心で笑った。

銅の流通は、銅座が統制している。現代から見れば意外な感じがするが、江戸時代、日本は銅の世界有数の産出国で、輸出品目の大きな部分を銅が占めていた。銅座の主な目的は、この輸出量の調整であり、大坂《おおさか》と長崎《ながさき》に置かれていた。銅の精錬も専ら大坂にある銅吹屋で行われており、全国の銅山から出た銅は一旦大坂に集められ、精錬後に流通する。

国内での銅の用途は、最も大きなのが銭である。銭を鋳造する銭座は江戸にもあり、やはり大坂から運ばれた銅が使われていた。銭など公的用途に使う以外の銅は、「地売り銅」として銅細工職人などに販売される。

四ツ谷に行くのを後回しにしたおゆうは、宇田川と一緒に神田佐柄木町《かんださえきちょう》に向かった。そこに江戸では少ない、地売り銅を扱う店があるのだ。

通りの一角に、「坂井屋《さかいや》」という看板を見つけ、青い暖簾をくぐった。坂井屋は大坂の銅吹屋が本店で、ここは江戸支店である。中で職人風の客の相手をしていた手代が、おゆうを見てちょっと驚いたような顔をした。

「はい、いらっしゃいませ。どのようなご用でしょう」

何をお探しで、という聞き方ではなかった。銅細工の材料を供給する店だから、銅細工職人以外の客は滅多にいないのだろう。店頭に商品が並んでいるわけでもなく、主に商談の場のようだった。

「これについて、ちょっと教えてほしいんですが」

おゆうは十手を示し、懐から懐紙に包み直した例の銅板の切れ端を出して、手代の前で広げて見せた。手代は「さて、これは」と困った顔になり、帳場の番頭の方を窺った。番頭は心得て帳場から立ち、「ご苦労様でございます。こちらへ」とおゆうたちを隣の座敷に案内した。

「番頭の市兵衛《いちべえ》でございます。何をお調べでございましょう」

四十絡みの番頭は、愛想の笑みを浮かべながらも、どこか訝し気な様子だ。おゆうは畳に例の銅板を置いた。

「ほう、これは。確かに銅板でございますな」

市兵衛は「よろしいですか」と断って、懐紙ごと銅板を持ち上げ、目を凝らした。

「どこで見つけられましたか」

「土に長いこと埋まっていたのです」

まさか二百年、とは言えないが、市兵衛は少なくとも数年以上、と解したようだ。

「なるほど。親分さんがお調べということは、何かの一件に関わりのあるものですかな」

「ええ、それは、さ……」

宇田川が横から「殺人事件」と言いそうになったので、慌てて肘で小突いて止める。

「ちょっと難しい一件でして」

詳しく言えません、とおゆうが言外に伝えると、市兵衛はそれ以上聞かなかった。

「その銅板、こちらで扱われた、ということは」

うーん、と市兵衛はかぶりを振った。

「この切れ端だけではわかり難いですが……手前どものものでは、なさそうですね」

「何に使うものか、見当はつきますか。或いは、何の一部か、とか」

市兵衛はまたうーんと唸って、腕組みした。すぐにこれと断じることもできないようで、しばし考え込む。一分ほども経ってから、市兵衛はおゆうではなく宇田川に声を掛けた。

「失礼ながら、蘭学の先生でいらっしゃいますか」

「え？　ああ、いかにも左様ですが」

宇田川は江戸では蘭学その他の先生ということにしており、それらしい格好もさせている。市兵衛にも、まさしくそう見えたようだ。

「それでは、司馬江漢《しばこうかん》先生をご存じでしょうか」

は？　と宇田川は戸惑いを浮かべる。知らないのだ。物の分析にしか興味を示さないオタクであり、近頃は江戸を度々訪れるおかげで多少ましになったというものの、歴史上の人物などには疎い。おゆうは慌ててフォローを入れた。

「あっ、はいはい、あの有名な。蘭学者で、絵師でもある方ですよね」

司馬江漢と言えば教科書にも載る有名人で、日本で洋画を描いた草分けである。亡くなったのはほんの数年前で、晩年は偏屈で人付き合いが悪かったとはいえ、江戸で蘭学をやる者であれば、知らぬなどとは言えない。

「ああ、ふむ、司馬江漢先生ですな。お会いしたことはないが」

宇田川もどうにか察して、取り繕った。

「で、その方が何か」

「司馬先生は、銅版画もなさっておいででした。ご覧になったことはございますか」

「いえ、拝見したことはないですが」

おゆうは宇田川がボロを出さないよう、先んじて言った。そこで、はっと気付く。

「銅版画は、銅板を削って図柄を描くんでしたね」

「左様でございます。銅板に小刀や針のような道具で線を彫るとか、薬を使って腐食させるとかで凹《へこ》みを作り、そこに絵の具などを流し込む、という風な作り方をするそうで」

　手前も作るところを直には見ておりませんが、と市兵衛は言った。それでも銅版画についての知識は、充分にあるようだ。

「司馬先生に、銅板をお売りになったことが？」

「はい。私が手代の頃、何度か」

「もしや、この銅板も版画に使うものだと？」

　おゆうは自分が持って来た切れ端を指して問うた。

「断じるのは難しゅうございますが」

　市兵衛は慎重に言う。

「厚さからしますと、銅版画に使う板のような。表面の傷のようなものは、おそらく図柄の一部でしょう」

　言われておゆうはじっと銅板を見つめた。引っ掻き傷の類いと思ったが、その気で見れば、図柄の一部と見えなくもない。或いは、文字の一部かもしれない。

「もう少し詳しくお知りになりたければ、職人に聞くのがよろしゅうございましょう」

　市兵衛は、しばしお待ちをと帳場に立ち、顧客名簿から職人数人の名と住まいを写し取ってきてくれた。

「いずれも、腕の確かなお方です。その切れ端が銅版画に使うものなら、思い当たることがあるかもしれません」

おゆうは職人たちの名を記した紙を懐にしまい、礼を言って坂井屋を出た。少し歩いてから、宇田川の方を向いて笑みを浮かべる。

「あんたの言う通りね。銅板の方から手繰った方が、話が早そうだわ」

少し持ち上げてやると、宇田川は当然と言わんばかりに胸を反《そ》らせた。

まず一番近くから、と思い、坂井屋から十町足らずの、神田花房町《はなぶさちょう》の安右衛門《やすえもん》という男を訪ねた。行ってみると、長屋ではなく狭いながらも表店で、弟子も二、三人いるようだ。

十手を見せて安右衛門を呼んでもらうと、奥から顎の張った五十近いと見える男が出て来た。着物に幾つか焦げ目が見える。奥で銅細工のための火を使っているようだ。

「へえ、女親分さんで。どんなご用ですかい」

安右衛門はおゆうを見て、珍しそうに目を瞬いた。宇田川は岡っ引きには絶対見えないが、何者かとまでは聞かれなかった。

「坂井屋の市兵衛さんから、教えてもらいました。銅細工の職人さんで、大層腕がいい、と聞いてます」

腕を褒められた安右衛門の顔が、綻《ほころ》んだ。

「そうですかい。坂井屋の番頭さんがね。ま、奥へどうぞ」

安右衛門は作業場の脇にある板敷きにおゆうたちを招き入れ、女房に茶を持って来いと怒鳴った。

「まあ、こんなようなものをやってるんですがね」

安右衛門は棚に並んでいる幾つかの品を手で示した。銅細工の、花器らしいものや皿、鉢、煙管《キセル》などが並んでいる。版画の類いより、そうした一般的な細工物が主な仕事のようだ。

「銅版画などは、なすってますすか」

「ああ、銅版ねえ。やってますが、注文自体が多くねえんで」

滅多に扱わない仕事らしい。おゆうは懐からあの切れ端を出して、見せてみた。

「へえ、こいつをお調べで。ふうん、銅版と言われりゃ、そうみてえだな」

安右衛門は「構いませんかい」と断って、切れ端を摘み上げようとした。

「あ、気を付けて。だいぶ腐食してるようなんで」

宇田川がすかさず止めた。崩されては大変、と顔色を変えている。安右衛門はびっくりして手を引っ込めた。

「ああ、確かに。でも、それほど酷くはねえですよ。緑青はかなり出てるが」

安右衛門は頭を掻き、改めて切れ端に顔だけ近付けた。

「やっぱり銅版、でしょうねえ。しかし、三、四寸しかねえんじゃ、どんな図柄だったか見当もつかねえなあ」

でも、と安右衛門は言い添えた。

「もともと、そんな大きな版じゃねえでしょう。版画に使うようなやつなら、少々腐っても、もうちっと大きいのが残ってるはずだ」

「百年、二百年経っても残りますかね」

おゆうは思い切って聞いた。安右衛門が目を丸くする。

「そんなに古い代物なんですかい」

「いえ、わかりませんけど」

曖昧に誤魔化す。安右衛門は首を捻った。

「曲げて細工に使う板よりそこそこ厚みはあるわけだが……銅ってのはあんまり腐らねえもんですがねえ。余程湿気のあるところに置いてたのか、土に埋まってたとか。それで百年でなくなっちまうかってぇと……さて、どうかなあ」

今まで考えたこともない、という風に首を捻る。

「まあ、何とも言えやせんね」

そこへ女房が茶を持って来たので、安右衛門は、まあどうぞ、と言って自分も一口啜り、一息ついてから言った。

「その切れ端の、図柄みたいなやつですがね」

安右衛門は湯呑みを置いて、考えるように顎を撫でた。

「どうも、獣の足じゃねえかと思うんですが」

え、とおゆうと宇田川は目を近付ける。何度も見ているのだが、動物だと思ったことはなかった。しかし、足の一部ではと言われると、そんな気もしてくる。

「何でしょうねえ。馬？　牛？　犬？」

「そうですねえ。馬じゃねえかって思ったんだが。ほら、蹄《ひづめ》みてえな感じがしやせんかい」

なるほど、と言ってみたものの、よくわからない。

「馬の足にしては、余分な線や飾りみたいなのが付いてる気もするな」

宇田川が呟いた。余分なのはただの傷かもしれないので、おゆうは何も言わないでおく。

「ま、あっしに言えるのはこのくらいですかねえ」

安右衛門は茶を飲み干して、話を締めくくった。

次は本所花町《ほんじょはなまち》の富助《とみすけ》という職人のところに行ってみた。堅川《たてかわ》と大横川《おおよこがわ》の交差点近くにあるせいか、釣り道具屋の多いところで、その裏店に富助は住んでいた。安右衛門とは違って、一人でやっているようだ。

表から呼ばわると「何だい」と声がしたので、「ちょっとお尋ねしたいことが、坂井屋さんのご紹介で」と告げる。坂井屋、と聞いたからか、面倒臭そうにしながらも出て来たのは、髭面だが小柄な三十五、六の男だった。

おゆうたちの前に出た富助は、ちょっとたじろぎながらおゆうを見上げた。東京では中背くらいのおゆうだが、実は江戸では、女子の平均身長を一割以上も上回っているのである。富助よりは、頭一つ分余りも上背があった。宇田川など、江戸では相撲取り並みの体格になり、富助の体がすっぽり隠れてしまう。

「な、何の用だい」

富助がちょっと引きながら聞いた。美人で十手持ちで大女、となると、それなりの威圧感があるようだ。岡っ引きとしての仕事上は役立つが、あまり構えてもらっても困るので、おゆうはにっこり笑った。

「銅細工職人としての腕を見込んで、見ていただきたいものがあるんです」

安右衛門の時と同様、富助の口元も緩んだ。腕を見込まれて不快になる職人は、いない。

「汚いとこだが、入ってくんな」

富助は顎をしゃくって、おゆうたちを中に通した。

部屋は九尺二間の典型的な裏長屋より若干広く、六畳間になっていた。だが銅細工の道具や材料が部屋中に積まれ、座るところにも往生する。独り者らしいので、きちんと片付ける者がいないのだ。

富助はおゆうに見せられた銅板の切れ端に、さして関心を示さなかった。

「ああ、たぶん、銅版画に使うやつだな。これは図柄か？　馬の足みてえな気がするが……何、花房町の安右衛門さんもそう言ったって。じゃあ、違いねえだろ」

安右衛門の見立てを言ってやると、富助も「そんなとこだな」と認めた。それ以上の答えは出ず、もういいだろ、という感じで済まされてしまった。粘っても仕方なさそうなので、来てからせいぜい十五分だったが、おゆうと宇田川は引き上げることにした。

表に出かけた時、後ろから富助が言った。

「そういう銅版みてえなのは、余兵衛《よへえ》さんが詳しいんじゃねえかな。本郷竹町《ほんごうたけちょう》に住んでるぜ」

その名は、坂井屋の市兵衛に貰《もら》ったリストに載っている。おゆうは礼を言って、次はそこだと宇田川を急《せ》かした。

堅川沿いに西へ歩き出してから、宇田川が尋ねた。

「本郷、って言ったよな」

「ええ、本郷竹町」

「そこ、現代の本郷と同じ辺りか」

「そうだけど」

宇田川が、目を剝いた。

「そこまで、どれだけあるんだ」

あ、とおゆうは気付く。自分はすっかり江戸に慣れて、少々歩き回るのも苦にならないが、運動嫌いの宇田川は健脚には程遠い。

「えっとぉ……五キロ弱ってとこかな」

電車で当《あ》て嵌《は》めると、だいたい錦糸町《きんしちょう》から御茶ノ水《おちゃのみず》へ行くくらいの見当だ。宇田川は、無期懲役の判決を受けたみたいな顔をした。

「そんな顔しないで。駕籠《かご》を見つけたら乗せてあげるから」

宥《なだ》めてやったが、あれは酔うから嫌いだ、などと宇田川はぶつぶつ呟いている。宇田川の方から勝手に江戸へ来ているんだから、文句言わないでもらいたい。乗りかった舟でしょうと背中を叩くと、宇田川は唸り声を上げた。

相生町《あいおいちょう》河岸に来たところで、前から伝三郎が歩いて来るのが見えた。しまった、とおゆうは唇を嚙んだ。そう言えば、ちょうどこの辺りを見回る頃合いだった。今は顔を合わせたくなかったが、真っ直ぐな道なので、隠れようとしても目立ってしまう。おゆうは仕方なく自分から近付いた。

「あれ、今日は四ツ谷に行ってるんじゃなかったのか」

伝三郎はおゆうの顔を見て、怪訝《けげん》そうな顔をした。

「おや、千住の先生も一緒でしたかい」

宇田川は前に出て、「鵜飼さん、どうも」と挨拶した。が、何故か上目遣いに窺うような様子をしている。「ははあ」と伝三郎は頷いた。

「そう言やあ、千住の先生の関わりで何か調べてたよな。その関わりかい」

「あ、はあ、そうなんです。家を出たらちょうど先生が来られて」

ふうん、と今度は伝三郎が、宇田川を探るような目で見た。

「あれも四ツ谷の話じゃなかったんですかい」

まずい、とおゆうは顔を引きつらせた。こういう場合にどう答えるかの打合せは、していない。宇田川はちらっとおゆうに目を向けた。だが、おゆうが答えを用意していないと見て取ると、自分で話し出した。

「ちょっと、蘭学で使う道具を作れる職人を探してましてね。初めは四ツ谷にいると聞いたんだが、連絡が付かなくなったということで、おゆうさんにちょっと様子を聞きに行ってもらったんですが」

「そ、そうなんです。そしたら、結局見つからなくて」

おゆうも慌てて話を合わせる。

「本所《ほんじょ》の方にいる、という話が聞こえて、来てみたんですよ。けど、やっぱり駄目で」

「そうまでするってのは、代わりの利かない職人なんですか」

伝三郎はまた宇田川に聞いた。

「ええ。でも、他にやれる職人がいないか、それも併せて探しているところです」

意外にそつなく、宇田川は答えた。なるほどねえ、と伝三郎が頷いたので、おゆうはほっとする。

「その道具ってのは、どんな代物なんです」

伝三郎がさらに聞いてきた。

「エレキテルは、ご存じですか」

宇田川の口から、おゆうの予想していない言葉が飛び出す。

「え？　はァ、ちょっと昔に、平賀《ひらが》源内《げんない》先生が作ったとか聞いてますが」

「あれを改良したものを作ってみようと思いましてね。どういう仕組みかは、言葉にしようとすると、なかなか難しいが」

いや、いいですと伝三郎は手を振った。

「で、おゆう、まだそっちを捜すのか」

その問いかけには不満そうな響きがあった。おゆうは急いで取り繕う。

「これから四ツ谷に向かうところです。途中にもう一軒、心当たりがあるということなんで、そこに寄ってから行きます」

「そうか。わかった」

伝三郎は一応了解したようだが、表情からすると納得の度合いは七割、というところだろう。取り敢えず切り抜けたようなので、おゆうはほっとする。

「鵜飼さんは、見回りの途中ですか」

宇田川が言った。愛想のつもりだろうか。

「ええ、そうですが」

「今日は、風が強いようですねえ」

宇田川は空を見上げた。おゆうはちょっと苛立った。確かに少々風は強いが、どうでもいいだろう。さっさと話を切り上げないと。

「こんな日は、夜なんかに火でも出たら、大変だ。木が乾いてるし、ここらはぎっしり建て込んでるから、焼け野原になってしまう」

伝三郎はぴくっと眉を動かした。

「ええ、先生の言う通りですよ。この辺が二度と焼け野原なんぞになっちゃあいけねえ。だから俺たち町方はこうして、見回りに精出してるわけでね」

「いや、本当に有難いことで、ご苦労様です」

宇田川はぺこりと頭を下げた。伝三郎は訝し気に宇田川を見たが、それを潮に「じゃあ、これで」と手を振って、東の緑町の方へ歩き去った。おゆうはその後ろ姿を見送り、宇田川の脇腹を小突いた。

「なかなかうまくやったじゃない」

まあな、と宇田川は薄笑いを浮かべる。

「万一のために用意しておいた言い訳だ。悪くなかったろう」

「うん、深掘りされることはなかったし、まあまあ上出来、かな」

伝三郎の機嫌はあまり良くなかったようだが、おゆうが宇田川を優先していた格好だから、仕方ないだろう。また妬《や》いちゃったかな。

「でも、火事の話は余計じゃない？」

そうかな、と宇田川は顎を掻いた。

「見回りご苦労、という愛想のつもりだったが」

「まあいいわ。とにかく、本郷へ急ぎましょう」

おゆうは宇田川の背を押すようにして、両国橋《りょうごくばし》の方へ向かった。

六

本郷竹町に着くまで、駕籠は摑まらなかった。上り坂もあったので、歩き通した宇田川は、トライアスロンでゴールインした直後みたいな有様になっている。

「現代、じゃ、どの、辺だよ、ここ」

荒い息を吐きながら、途切れ途切れに問うので、「順天堂《じゅんてんどう》大学の北側くらいかな」と答えてやる。

「そんなとこまで、歩かせたのか」

顔を歪める宇田川に、とにかく着いたんだからしっかりしろ、と気合を入れた。宇田川は「鬼め」と睨んで、ようやく背筋を伸ばした。

番屋で聞いてみると、余兵衛の家はすぐにわかった。が、木戸番は気になることを言った。

「余兵衛なら、しばらく姿が見えなくなってやすぜ」

姿が見えない？　おゆうと宇田川は、顔を見合わせた。

「出仕事、ってんじゃないわよね。行方知れず、ってこと？」

「まあ、手早く言っちまうとそんなとこですが、真面目一方、って男でもねえんで」

どこか女のところへしけ込んだのかも、なんて言う奴もいて、まだ騒ぎにゃあなってやせんぜ、と木戸番は言った。職人としての腕は良くても、品行には問題あり、らしい。おゆうは礼を言って、余兵衛の住む裏店に行った。


そこは取り立てて特徴のない、やや古びた長屋だった。全部で十六軒あるようで、井戸端で洗い物をしながら世間話をしていた三人のおかみさんが、おゆうたちに気付いて顔を向けた。

「あれっ、女親分さんか。本当にそういう人、いるんだねえ」

一番年嵩《としかさ》の、四十半ばくらいに見えるおかみさんが、おゆうの十手に目を留めて、驚いたように言った。

「東馬喰町で十手を預かる、ゆうといいます。余兵衛さんの住まいは？」

おゆうが名乗ると、年嵩のおかみさんは、自分は大工の女房の稲《いね》だと言って、手前から三軒目を指した。

「余兵衛さんとこは、あそこだよ。けど、留守だよ」

「ええ。しばらく姿が見えないそうですね」

「そうなんだよ。もうひと月ちょっと、見てないのさ」

そこでお稲は、好奇心を露《あら》わにした。

「親分さんが来たってことは、余兵衛さん、何か仕出かしたのかい」

後ろに控えていた他のおかみさんが顔を突き出し、「女かい」とニヤニヤしながら聞いた。だが、おゆうが「そういう心当たりでも？」と問い返すと、慌てて手を振って「いや、知らないけど」と横を向いた。

「ほら、余計なこと言うんじゃないよ」

お稲がそのおかみさんを窘《たしな》めた。どうやらお稲が、この長屋のボスらしい。

「余兵衛さんは、一人暮らしなの？」

おゆうは聞き取りの相手を、事情に精通していそうなお稲に決めて、尋ねた。

「いや、お照《てる》ちゃんていう娘がいるよ。でも、お照ちゃんもいないんだ」

「え、親子揃って行方がわからないんですか」

驚いて聞くと、お稲はあっさり頷いた。

「でもねえ、お照ちゃんはよく親子喧嘩《げんか》して、飛び出して何日か帰らないってことが何度もあったから」

なので、さほど心配はしていない、という様子だ。

「喧嘩の理由は」

「ま、余兵衛さんの女か博打か、お照ちゃんの男だね」

お稲が言うには、お照は十九で、十五、六の頃から男と付き合っては逃げられる、を繰り返しているらしい。金のありそうな男から小遣いをせしめるという、パパ活ギャルみたいなこともやっていたようだ。

「そんな具合だから、喧嘩の揚句に二人とも出て行く羽目になったんじゃないかって、みんな思ってるよ。店賃が三月溜《た》まってたから、大家さんはカンカンだけどね」

「二人は同時に出て行ったんですか」

「いや、お照ちゃんの方が先だよ。お照ちゃんが出てって十日くらいしてから、余兵衛さんもいなくなっちまったんだ」

　十日も隔たっているなら、一つの喧嘩が原因、ということはないだろう。一番考えられる筋書きは、お照が何度目かの男を作って家を出て行き、十日かけて相手を突き止めた余兵衛が追って行った、というところか。二人とも戻って来ないのは、その男のところでトラブルが起きたからだろうか。あるいは娘に腹を立てた余兵衛が、意趣返しに自分も女のところに行ってしまったのか。

　いや待て、とおゆうは膨らむ想像を止めた。余兵衛を訪ねて来たのは、銅版を手掛かりにあの骨の身元を突き止めるためだった。

「余兵衛さん、年は幾つですか」

　お稲に確かめると、「確か四十二だよ」との答えが返った。おゆうは宇田川に目配せした。四十二なら、骨の推定年齢にちょうど合う。

「余兵衛さんの家を調べます。大家さんを呼んで下さい」

おゆうはお稲に言った。何か大ごとになりそうな匂いを嗅ぎ取ったか、お稲は目を輝かせて駆け出した。


間もなくお稲に引っ張られるようにして、幾分当惑顔の小柄な羽織姿の男が現れた。男はおゆうと宇田川の前に来ると、びっくりしたように二人を見上げた。おゆうの身長は彼より二十センチほど、宇田川は三十センチ以上高いのだから、無理もない。

「えー、あの、ここの大家の善吉郎《ぜんきちろう》と申しますが、余兵衛さんが何か」

「ええ。何かあったのか調べようとしています。家に入りますよ」

おゆうが告げると、善吉郎はますます当惑した様子だ。

「はあ。わかりました、立ち会います」

善吉郎は先に立ち、余兵衛の家の戸口に立つと、誰もいないと承知しているのにも拘《かか》わらず、「入らせてもらいますよ」と声をかけた。几帳面な男のようだ。

善吉郎が障子戸を開け、中を一瞥《いちべつ》してから「さあどうぞ」とおゆうと宇田川を通した。中は四畳半で、畳んだ夜具と小ぶりの箪笥、お照が使っていたであろう手鏡などがある。台所には水瓶と、重ねられた箱膳。箪笥には親子の着物がしまわれている。

至って普通で、何も異常はないように見えた。だが、何かおかしい。

「お稲さん、お照さんは衣裳持ちだった?」

善吉郎の後ろから覗き込んでいたお稲は、いきなり話を振られてびっくりしたようだったが、すぐに答えた。

「いや、そんなことないよ。ここで着てたのは、三枚くらい」

「簞笥に二枚、あります。お照さんは、着の身着のままで出て行った、ということね」

飛び出した時は、だいぶ頭に血が上っていたようだ。それを聞いてお稲が手を打った。

「さすが親分さん、ちゃんと見てるね。きっと相手の男に、着物や何やら買わせる気だったんだろうね」

相手はそこそこ甲斐性のある男なのだろうか。どんな奴か聞いていないか、と尋ねたが、お稲も善吉郎もかぶりを振った。

「道具も、ありませんな」

それまで黙っていた宇田川が、言った。はて、と善吉郎が首を傾げる。

「余兵衛さんは銅細工の職人だったんでしょう。なのにそのための道具も、道具箱も見当たらない」

「ああ、なるほど」

善吉郎も意味を解したようだ。

「道具を持って出かけた、ということは、仕事に行ったのですな」

長く仕事で家を空けるなら、そう言ってくれればいいのに、と善吉郎は安堵しつつも不満な様子で言った。

「言ったら店賃を催促されるから、稼いで戻るまで内緒にしたんじゃないのかい」

お稲が口を挟む。善吉郎は嫌な顔をした。

「稼ぎに行くなら、気持ちよく送り出してやったよ」

「しかしひと月というのは、長くないですか。どんな仕事なんでしょうな」

宇田川に言われ、ふうむ、と善吉郎は首を捻った。銅細工で長期の出仕事、と言えば、寺などの建物の装飾を作るため現地で作業、などが考えられるが、だったら自慢していいはずだ。善吉郎にも長屋の者にもひと言も告げていない、というのは、他者に知られてはいけないような内密の仕事だったのだろうか。

「まあ、もう少し調べましょう」

宇田川は畳に膝をついた。何をしているかわかったおゆうは、「ちょっと出ましょう」と善吉郎を外へ促した。

「余兵衛さんは、これまで家を長く留守にするような出仕事をしたことは、なかったんですか」

外へ出てから、おゆうは聞いた。善吉郎は考え込む。

「四月くらい前だったかな。十日ほど出ていたことがありましたね。でもだいたいは家で仕事を。通いというのも、ありましたが」

四月前、と聞いておゆうは胸の内で唸った。土佐屋の満之助が、名倉から注文を受けて出入りを始めた頃だ。これは偶然なんだろうか。

「銅版画とか、銅版の細工が得意だったと聞いていますが」

ああ、そうそう、と善吉郎は頷いた。

「画《え》の先生に頼まれて、そういうものを作ったり手伝ったりしたことが何度かあるようでした。一度、出来上がったのを見せてもらったこともありますよ」

あれは随分と細かい細工で、と善吉郎は思い出すように言った。

「版を彫る道具だけでなく、銅を溶かすか何かで薬のようなものまで使うとか。だから大きいものは、長屋で作るのは難しいとも言ってましたなあ」

汚れるし薬の臭いも出るしで、大家としてはあまり有難い仕事ではないですがね、と半ば冗談めかして善吉郎は続けた。

「長屋で作り難いものは、通いで作りに出向いていた、というわけですね」

「はい。ですから、ひと月余りも行ったまま、というのは、余程大きな仕事なんでしょうなあ」

善吉郎がそう言ったところで、宇田川が表に出てきた。

「終わりましたよ。特に何も、見つかりませんでした」

宇田川が告げると、善吉郎はほっと胸を撫で下ろすような仕草をした。

「どうもご苦労様でした」

おゆうと宇田川は余兵衛とお照の人相背格好を詳しく聞いてから、善吉郎に送られて長屋を出た。お稲はもっといろいろ聞きたそうにしていたが、笑みだけを返しておく。

表通りに出てから、宇田川に確かめた。

「何か拾えた？」

宇田川は、胸元を示した。懐にしまってあるようだ。

「髪の毛を十本ほど。今晩にも、ＤＮＡ照合する」

よし、とおゆうは宇田川の肩を叩いた。

本郷通りに出たところで、うまい具合に休憩中の駕籠を見つけた。宇田川をそれに乗せて返し、おゆうは四ツ谷に向かった。もう八ツ半（午後三時）に近く、日暮れまでに行って帰るのはぎりぎりだが、伝三郎が今夜来て四ツ谷はどうだったか、と問われると困る。朝から歩き回ってちょっと疲れてはきたものの、おゆうはもう一頑張り、と足を速めた。

四ツ谷塩町に着くと、四ツ谷大道から北に入って、まず名倉の屋敷を見に行った。表と裏をゆっくり歩いて窺ったが、特に異常は見当たらない。まあ何かあると期待したわけでもないので、おゆうは大道に戻って米屋に声を掛けた。女の十手持ちは初めて見るらしく、米屋は目を丸くした。

「はい、女親分さん、どんなご用で」

いちいち親分の上に「女」なんかつけなくていいのに、とおゆうは少し苛立つ。ジェンダーハラスメントだぞ、と言いたいところだが、江戸で言ってもしょうがない。

「ひと月ほど前、職人風のこんな感じの男が、この辺の武家屋敷に出入りするのを見てはいませんか」

おゆうは余兵衛の人相を詳しく話した。米屋は、うーんと首を捻った。

「見てないと思いますがねえ」

ひと月ほど前にちらっと見たくらいなら、記憶には残らない、と米屋は言った。それは仕方あるまい。

「では、このひと月ほどの間に、商家の若旦那風の人がそっちの方へ行くのは、見ませんでしたか」

今度は土佐屋の満之助の人相風体を話し、名倉家の方へ行く道を示した。すると米屋は、「ああ」と頷いた。

「それらしい人は、何度か通られたので覚えてます。最初は四月ほど前かな」

よし、間違いなさそうだ。

「でも、ここしばらくお見かけしてませんねえ」

「最後に見たのは、いつですか」

「さあて、二十日ほど前だったかなあ」

満之助が姿を消したのは、二十一日前だ。おゆうは念を入れて確かめてみたが、米屋はそこまではっきりとは覚えていなかった。

「では、若旦那風の人が最初に来たのと同じ頃、さっき尋ねた職人風の男を見てたりしませんか」

「さあ、それはちょっと」

米屋は済まなそうに言った。ここまでか。おゆうは米屋に、自分が来たことは周りに話すなと言い置いて、通りに出た。女の十手持ちが来た、と前回のように竹次郎に告げられては厄介だ。

少し先に、貸物屋の玉木屋の看板が見える。この前来た時は、ここから竹次郎に女岡っ引きが嗅ぎ回っていると伝わってしまった。なので、この店先はさっさと通り過ぎる。

「おう、おゆうさん」

思わぬ声が、背後からかかった。おゆうが足を止めて振り返ると、玉木屋の暖簾を分けて源七が出てくるところだった。

「源七親分、こっちに来てたんですか」

尋ねてみると、昼過ぎからだ、との答えが返った。

「鶏飼の旦那に、この辺りに気を付けるよう言われたんでな。おゆうさんはもっと早く来てるのかと思ったぜ」

そう言えば昨夜、伝三郎は源七にも声をかけておく、と言っていたっけ。早速動いてくれたようだ。

「ちょっと今日は寄るところが多くて」

曖昧に言ってから、玉木屋を目で指した。

「何か聞けましたか」

「いや、大したことは。満之助が何度かこの辺に来たのは見たそうだが、名倉様との関わりは知らねえと」

そうですかと応じて、おゆうは源七の袖を引いた。

「玉木屋さんは、竹次郎と親しいようです。私たちが来たこと、すぐにあいつの耳に入りますよ」

「何、そうなのか」

源七の顔が険しくなった。

「ちッ。難癖をつけてこねえうちに、一旦引き上げるか」

二人は揃って歩き出したが、隣の麴町に入る手前で、脇道から出て来た竹次郎と鉢合わせた。おゆうは気付かれない程度に小さく舌打ちした。

「あァ？　何だ、馬喰町の源七じゃねえか。おゆうだけじゃなく、お前まで出しゃばるのか」

いきなり絡んできた。源七も、むっとしている。

「鵜飼の旦那のお指図だ。てめえにうだうだ言われる筋合いはねえ」

「言ったな。塩町は俺の縄張りだ。俺は何も聞いてねえぞ」

知るか、と源七は眉を逆立てた。もともと顔がいかついだけに、怒ると獅子舞《しし まい》の頭みたいだ。小者の悪党ならこれだけで震え上がるが、竹次郎は動じない。

「まったく気に食わねえ。旦那も旦那だ。俺を差し置いて、何を探ってるんだ」

あんたが信用できないからでしょ、と言ってやりたかったが、おゆうは睨み返すだけにしておく。源七はさらに嚙みつこうとしたが、ちょっと気を変えたようだ。

「じゃあ聞くが、湯島の土佐屋の満之助が、この辺りで行方知れずになってるのを知ってるか」

「土佐屋の満之助？　紙問屋の若旦那か。そいつがここで消えたって？」

竹次郎は眉間に皺をよせ、源七とおゆうを交互に睨んだ。

「ふん、知らねえな」

「そうかい。御旗本の、名倉彦右衛門様のところに出入りしてたのも、知らねえかい」

一瞬の間があった。

「知らねえよ。そいつを調べてんのか」

「満之助がどこへ行ったか、聞き回ってるだけさ」

土佐屋が旦那に頼んだんだ、と源七は言った。

「他の出入り先にも聞きに行ってる。そのくらいのことで、江戸中の岡っ引きに声かけて動かすわけがねえだろうが」

なのにいちいち突っかかりやがって、と源七は吐き捨てるように言った。竹次郎はまだ腹立たしそうだったが、本気で喧嘩するのは得策でない、と踏んだようだ。

「わかったよ。勝手にしな」

ふん、と鼻を鳴らすと、竹次郎はくるりと背を向け、いかにも不快そうな荒い足取りで去って行った。源七は、生ゴミでも見るような視線をその背に投げた。

「まったく、気に食わねえ野郎だ」

けどよ、と源七はおゆうの方を向いて言った。

「あいつ、名倉様の名前を出した途端、目が泳いだぜ。気が付いたかい」

おゆうは口元でニヤッと笑う。

「ええ。名倉様のことは、何か知ってるようですね」

源七が満之助と名倉のことを竹次郎に話したのは、反応を見るためだったのだ。その成果は、あったようだ。

「何なのかはわからねえが、あの野郎が何か知ってるか一枚嚙んでるなら、ろくな話じゃねえに決まってる」

「満之助さんはやっぱり、何かの企《たくら》みに巻き込まれたんでしょうかね」

「そうじゃねえといいんだが、どうもそうはいかねえ気がするな」

だいぶ傾いた日を浴びて、彫りの深い源七の顔に、憂いを現したかのような影ができていた。

七

その晩、伝三郎はおゆうの家に来なかった。ちょっと残念ではあるが、かなり歩き回ってすっかりくたびれているので、有難いとも言えた。

ぐっすり寝て翌朝起きると、ふくらはぎがパンパンに張っていた。やれやれと嘆息する。今さらながら、電車の有難味がよくわかった。

朝食に東京から持って来ていたクロワッサンを齧ってから、さてどうしようと考える。余兵衛と満之助、どちらを優先して追いかけようか。行き着くところは同じだろう、とおゆうは感じている。四ツ谷の、名倉の屋敷。だが、余兵衛に関してはあくまで勘で、名倉との繋がりを示すものは、何もない。闇雲に四ツ谷周辺を突き回っても、竹次郎と揉めるだけで、これ以上新しいことは出ないのでは、と思えた。

（いや……待てよ）

そこで思い出した。土佐屋では、四月前に名倉家から特別に紙の注文を受けたと言っていたっけ。それが満之助と奥方との出会いのきっかけになったわけだが、旗本屋敷で紙問屋に直に発注するほどの需要があるんだろうか。それに、特注の紙って、いったい何だ。

おゆうは立ち上がり、十手を帯に差した。聞き残していたことが、まだ幾つかある。

「これはおゆう親分さん。あれから、何かわかりましたでしょうか」

土佐屋満右衛門は、勢い込むようにして聞いた。前回来てからまだ三日だが、来るたびに期待を持たせてしまうようなので、いささか申し訳なくなる。

「いえ、まだ新しいことは」

　力は尽しておりますので、どうか今しばらく、と頭を下げると、いえそんな、と満右衛門は恐縮した。

「倅の不始末でご厄介をおかけしておりますのに、急かすような物言いをしまして相済みません」

　駆け落ちでないのが判明したのだから、不始末ということはないのだが、満右衛門はあくまで低姿勢だった。まだ見つけられんのかと居丈高になられても困るが、あまり控え目だとこちらが落ち着かなくなる。

「ええとですね、今日伺いましたのは、名倉様からのご注文で納品された、特別の紙についてお聞きしておこうと存じまして」

「は？　名倉様の紙、でございますか」

　満右衛門は訝し気な顔をした。

「しかし、行方知れずになる前に度々お届けしていたのは、奥方様ご注文の千代紙ですが」

「奥方様のことは別にしまして、名倉様の御屋敷にお納めになった紙のことが、ちょっと気になりましたので」

「はあ、左様ですか」

満右衛門は今一つ意味が分からないようだが、それ以上聞き返すことはなかった。

「名倉様とは、以前からのお付き合いですか」

「いえ、四月前のご注文が、初めてです」

おや、とおゆうは首を傾げた。土佐屋は大店と言っても、江戸で指折り、というほどではない。紙問屋としては中堅の上位というところで、日本橋の紙問屋が集まる地区からも離れ、どちらかと言うと目立たない店だ。予備知識もなく発注するとは思えない。

「名倉様は、土佐屋さんのことをどこでお知りになったのでしょう」

「はい、詳しくはおっしゃいませんでしたが、お知り合いから良い店と聞いた、とのことで」

知り合いの名は、言わなかったという。

「手前どもとしましては、有難いお話でしたので、お受けいたしました」

そう言えば治五郎が、土佐屋は最近大口顧客を失ったと言っていた。土佐屋としては渡りに舟だったかも。

「来られたのは、名倉家の御用人様ですか」

「左様でございます。乾《いぬい》様、とおっしゃいました」

「それで、その紙ですが」

ああ、そうでした、と言って、満右衛門は手代の功助を呼び、名倉家に納入した紙を持ってくるように命じた。特注だったので、また発注があった時に備え、サンプルを残してあるのだ。

「こちらでございます」

満右衛門は、功助が持って来た紙を、おゆうの前に置いた。おゆうは「失礼します」と手を伸ばし、その紙を触ってみた。

思ったより厚い紙だった。奉書紙のようなものではない。障子紙などでもない。かと言って、ボール紙ほど頑丈ではない。一番近いのは、画用紙ではないか、と思えた。

大きさも、ちょうどそのくらいだ。

「大きさなど、この形で納められたのですか」

いいえ、と満右衛門は答える。

「巻いた形で、お納めしました。裁断は、名倉様の方でなさるおつもりだったようで」

「幅は二尺（約六十センチ）ほどですね。巻いたものを広げると、長さはどれほどに」

「一丈（約三メートル）になります」

結構大きい。何に使うのか、どうも見当がつかない。絵巻物のようなものを想像したが、名倉というのは絵をよくする風流人なのだろうか。奥方を毒殺するような人物と、どうもイメージが合わない。

「それを、一巻きですか」

「いえ、四十本ほど、二度に分けて」

「四十本ですって！」

思わず声を上げた。合計四十丈というと、百二十メートル。個人宅ではなく、町工場で使うレベルだ。

「そんなにたくさん、ですか」

「はい。ですので、用意するのにひと月かかりました」

「全部で幾らくらいになるんですか」

「はい、ご注文でお作りしましたので、五両申し受けました」

庶民が使う再生紙の浅草紙《あさくさがみ》がだいたい一枚一文。大きさは現代のティッシュ一枚と同じくらいなので、それと比べると十倍以上の値だ。特注なら、まあ当然か。

「いったい何にお使いになるものなんでしょう」

さあ、それはと満右衛門は困惑の色を浮かべた。

「御旗本の御家のことですので、敢えてお聞きはしませんでした。御屋敷の壁の内張りなどになさるのでは、とも思いましたが」

内装材？　可能性としてなくはないが、なぜ紙なんか使う気になったんだ。しかしそれを問うても、満右衛門には答えようがないだろう。

（どうにも謎の多い旗本屋敷だなあ）

おゆうは紙のサンプルを切り取ってもらい、それを懐に土佐屋を辞した。

一町ばかり歩いて、神田川《かんだがわ》に沿う昌平《しょうへい》河岸に出た。右手には学問所の塀が伸びており、人通りの割には静かなところだ。おゆうは柳の下で立ち止まり、土佐屋で貰った紙を改めて懐から出して、仔細《しさい》に見た。画用紙と似ているとは思ったが、もちろん現代の西洋紙とは違う。和紙を何枚も重ねて作ったもので、手間がかかっている。

おゆうは眉間に皺を寄せた。さっきから、頭にちらちらしているものがある。あの銅板だ。銅細工職人の余兵衛が十日間姿を消した時と、紙の納品時期が重なっていることが、気になってしょうがないのだ。

（あれはやっぱり銅版画用のもので、この紙と組み合わせて使ったんじゃないかな）

品質からすると、高級な版画用紙だと考えれば納得がいく。旗本家がそんなものを、結構なお金をかけて用意するとは、どうしたことだろう。版画を作りたかったのか。だがそれなら、こそこそする必要はない。もし余兵衛が版画のために雇われ、そのせいで殺されたんだとしたら……。

「贋作《がんさく》、か」

口に出して呟いた。おゆうは紙を懐にしまうと、歩き出した。この先の昌平橋を渡れば、神田佐柄木町はすぐだ。

坂井屋に着いたおゆうは、すぐに番頭の市兵衛を呼んでもらった。

「おや、おゆう親分さん。あの話は、お役に立ちましたか」

市兵衛は愛想笑いを浮かべて応対に出て来た。おゆうは、昨日はどうもと言ってから、すぐ本題に入った。

「司馬江漢先生のことなんですが。先生の銅版画というのは、どれほどの値になるんでしょう」

おやこれは、と市兵衛は戸惑いを見せた。

「さて、手前は銅の扱いだけでございますので、版画そのものとなりますと……左様でございますな、まず一両か二両、というところでは」

この先に絵を扱う天水堂《てんすいどう》というお店がありますので、そちらで聞かれては、と市兵衛は教えてくれた。それだけ聞くとおゆうはすぐに席を立ち、慌ただしさに驚く市兵衛を後に、教えられた天水堂に向かった。

天水堂の主人は、いきなりの問いにも丁寧に答えてくれた。司馬江漢の銅版画の値は、概ね市兵衛の言った通りだという。

「江漢先生の作は見事なもので、人気もありますが、版画は数を刷れますからな。一点物と比べれば、当然ながらお求めやすい値に」

一両以下のものもあるので、一枚いかがですかと勧められるのを断って、聞いた。

「贋作などが出た、ということはありませんか」

「あ、なるほど。それをお調べで」

天水堂の主人は、得心したように頷き、確かに司馬江漢の贋作もある、と答えた。

「ある程度名のあるお方の作であれば、贋作というのは付きものです。それを見分ける目の有る無しで、この商いの値打ちが決まりますので」

「やはり贋作は多いんですね」

おゆうは以前の北斎《ほくさい》の絡んだ贋作の一件を、思い出していた。あれで知り合った北斎の娘、阿栄《おえい》とは、その後も何度か一緒に飲んでいる。北斎はめちゃくちゃ引越しが多いので、どこにいるのかしょっちゅうわからなくなるのが難だが。

「ただ、雪舟《せっしゅう》や俵屋宗達《たわらやそうたつ》や狩野《かのう》永徳《えいとく》といった大看板の方々のものでなければ、贋作は手間の割に儲からないかもしれませんねえ」

天水堂はそんなことを言って、「それでもなかなか減らないんですよ」と溜息をついた。

天水堂を出たおゆうは、次はどうしようかと考えた。四ツ谷に行って名倉家の周りで余兵衛か満之助を見た者が他にいないか、もう少し探ってみようか。だが、昨日の感触からすると、あまり成果は期待できないように思える。

いや、待てよ。まだ足取りを追っていない関係者がいるぞ。

（そうだ。お照を捜してみよう）

娘のお照なら、余兵衛が贋作など違法な仕事に関わっていれば、何か知っているだろう。長屋のお稲たちはお照の男が何者か、知らなかったようだが、本郷竹町の周辺で噂を拾えば、何か出るかもしれない。

おゆうは向きを変えて、神田川の方へ歩き出そうとした。その時、目の端で何かが動くのを捉えた。岡っ引きを続けているおかげで、怪しげな動きには敏感になっている。

さっと振り向いた。男が一人、天水桶《てんすいおけ》の陰に隠れるのが見えた。裾を端折った紺の着物に、黒い股引《ももひき》。いきなりだったので、気の利いた隠れ場所がなかったのだろう。おゆうは唇を歪めた。

（くそっ、あいつめ、どういうつもりよ）

見えたのはほんの一瞬だったが、間違いはない。竹次郎だ。どうやらおゆうを尾けているらしい。無論、この界隈は竹次郎の縄張りからは遠いので、文句をつけられる筋合いはない。だがあいつは、おゆうの動向がどうしても気になるようだ。それとも、誰かの差し金か。例えば、名倉とか。しかしここまで出張る必要があるのか。

そこで思い出した。昨日竹次郎に会った時、源七が土佐屋のことを話した。竹次郎は土佐屋の様子を窺いにいったのかもしれない。そして土佐屋を訪れたおゆうを見つけ、尾ける気になったのではないか。

勝手にすりゃいい、とも思ったが、まとわりつかれては厄介だ。おゆうは本郷とは逆の南に向かい、三島町《みしまちょう》に入った。それから右の、松田町《まつだちょう》の側に折れる。そして曲がってすぐ、裏路地の一つに飛び込んだ。そこを真っ直ぐ抜け、反対側の通りに入って右に折れ、さらに別の裏路地に入る。この辺りは何度も歩き回って、熟知していた。四ツ谷が縄張りの竹次郎は、細かい路地までわからないはずだ。

さらに右に左にと歩いた。十五分ほど経って筋違御門《すじかいごもん》に出た時には、竹次郎の姿はどこにも見えなかった。

本郷竹町と、その周りの元町《もとまち》や本郷一丁目で聞き込み、神田明神《かんだみょうじん》の辺りまで足を伸ばしてみた。だが、どうもはかばかしくなかった。何しろ、お照が家を出たのはもう四十日も前なのだ。お照を知っている住人でも、そう言えばここしばらく見ないね、というのがせいぜいだった。

夕方近くになって、ようやく役立ちそうな話が拾えた。喋ったのは、竹町の北側にある桶屋の婆さんだった。昼間は見かけなかったのだが、昼寝していたらしい。

「ああ、銅細工だか何だかの余兵衛さんの娘かい。器量は悪くないんだけど、まあ、男出入りがちょぃいとねえ」

噂好き、というより金棒引きだ。近所の連中の動向をいつも見ていて、好きに噂を流して楽しむ。住人にとっては鬱陶しい相手だが、おゆうたち岡っ引きにとっては有用だった。

「ここしばらく、見ないねぇ。親父さんと喧嘩して出てった？　男のことで？　ああ、それならきっとあいつだよ」

婆さんが言うには、それは職人風の二十五、六の男で、ちょっと悪ぶるような感じだったという。

「お照みたいな子は、ああいうのが粋に見えるんだろうねえ」

嘆いているのか楽しんでいるのかわからない風に、婆さんは言った。

「二人が一緒のところを最後に見たのは、いつ？」

「そうさね。ひと月半ほど前かな。そうだ、そう言や、それっきり姿を見てないよ」

おゆうはさらに詳しく人相を聞こうとした。だが、婆さんもそれ以上は思い出せないようだ。どういう仕事をしている男かも、わからなかった。薄い手掛かりではあるが、お照の男が間違いなくいるとわかっただけでも、上等だ。

　おゆうは礼を言って帰ろうとした。が、婆さんが不満そうな目を向けて来るので、そうかと察し、財布から一朱金を一枚出して渡してやった。婆さんの顔が綻び、またいつでも聞いてくれ、などと言った。まったく抜け目ない婆さんだ。


　後二、三軒聞いて回ったが、桶屋の婆さん以上の証言は得られなかった。日も落ちてしまったので、おゆうは諦めて引き上げることにした。家に着くまでに暗くなるので、どこかの番屋で提灯《ちょうちん》を借りよう。江戸の治安はかなり良いが、十手持ちとはいえ夜道を女一人で歩くのは、あまり望ましくはない。

　おゆうは神田川の北側の岸に出た。川沿いに東へ歩き、昌平坂を下って神田へ出るつもりだ。学問所と武家屋敷に挟まれた辺りで、日暮れ時ともなると人通りはまばらになる。おゆうは少し足を速めた。

　後ろに気配を感じ、右に首を巡らしかけた。その刹那《せつな》、頭の左側に衝撃を食らった。意識が飛びかけ、足がよろめいてその場に倒れ込む。が、気を失いはしなかった。右に首を回したのが、幸いだったのだ。左に回していたら、脳天に一撃を食らって忽ち《たちま》昏倒《こんとう》していただろう。

　棍棒《こんぼう》か何かで殴られたのだ、とはわかった。地面に伏して朦朧《もうろう》としながらも、相手の濃い色の着物と黒っぽい股引までは辛うじてわかった。襲撃者は、おゆうが意識を失っていないのに気付き、さらに一撃を加えようとする。棍棒を振り上げたのが、微《かす》かに感じられた。逃れないと、頭を割られる。だが、足が立たない。

おゆうはどうにか横に転がった。第二撃が、一瞬前まで頭があったところに振り下ろされ、地面を打った。おゆうは転がると同時に懐からスタンガンを引っ張り出し、スイッチをＯＮにすると、もう一撃と棍棒を振り上げる男の踝《くるぶし》に素早く当て、放電した。

「ぎゃっ」

火花が飛び、踏んづけられた猫のような声を上げて、男が尻もちをついた。だいぶ前にこれを使った相手はその場で気絶したが、今度はそこまではいかなかった。だが、戦意を失わせるには充分だったようだ。

おゆうは呼子を出し、思い切り吹いた。暮れかけた静かな町の空気を切り裂き、呼子の音が響く。襲撃してきた男は、さすがにこれまでと思ったか、飛び上がってスタンガンを当てられた足を引きずりながら、よたよたと逃げ出した。そして、ほんの数秒で武家屋敷の塀の陰に消えた。

おゆうにも、追いかける力はなかった。男が見えなくなると呼子を落とし、辛うじてスタンガンを懐に戻すと、そのまま横ざまに倒れた。

第三章　贋作は儲からない

八

夜中で、蠟燭《ろうそく》も行灯《あんどん》もないのに、その部屋は何故か薄ぼんやり、明るかった。襖の向こうで、何やら音がする。紙の擦れるような音。おゆうは襖に近寄り、そっと開けてみた。

襖の向こうは、穴蔵のような部屋だった。奥に誰かが座り、屈《かが》みこんで何か仕事をしている。腕がしきりに動く様子で、版画を刷っているのだ、とわかった。一枚が刷り上がったらしく、その職人は出来栄えを確かめるように紙を持ち上げた。そして気配に気付いたか、ゆっくりと振り向いた。その顔は、髑髏だった。

悲鳴を上げようとしたが、声が出ない。隣の部屋に逃げた。その部屋には布団が敷かれ、女が寝ていた。女の顔はよくわからないが、「苦しい、苦しい」と呻《うめ》き声を上げていた。傍らに侍が一人座って、女の顔をじっと覗き込んでいる。どうして助けてやらないのか、とおゆうは言いかけたが、やはり声にはならなかった。

女は、やがて動かなくなった。侍は満足したように、ゆっくりと振り向いた。その顔も、やはり髑髏だった。

「わっ」

声にならない声を上げて、跳ね起きかけた。そこでまた頭がぐるぐる回り、枕に頭を落とした。

「ああ、そんなに慌てて起きちゃいけません。起きてもいいですが、ゆっくり、慎重に」

落ち着いた年嵩の男の声がした。言われた通りゆっくり体を起こす。布団の脇で、初老の泥鰌髭《どじょうひげ》の男が笑みを浮かべていた。

「頭はどうです。まだ痛みますか」

その言葉に、頭を押さえてみた。さらしが巻かれている。頭の中がずきずきするが、傷としての痛みはないようだ。

「ちょっとまだ、じんじんしてますけど、大丈夫みたいです」

「吐き気などはありませんか」

「はい、それはないです」

初老の男は、うむと頷いておゆうの頭に触れた。慣れた手つきで、そっと撫でる。

「骨は大丈夫でしょう。少し頭皮から血が出ていましたが、薬を塗っておきました」

安心させるように言ってから、男は「改めてご挨拶を。蘭方医の山口《やまぐち》呂庵《あん》です」と名乗った。

「うなされておられたが、悪い夢でも見ましたか」

ええ、ちょっとばかりと恥ずかしく思いながら頷き、尋ねてみる。

「ここは、どこでしたっけ」

「はい、神田明神西町の、私の診療所ですよ。昨夜運び込まれた時のことは、覚えておられますか」

はて、どうだっけ。確か、神田川べりで殴られたんだったか……。

記憶は途切れ途切れだったが、順に思い出した。襲った奴が逃げた後、しばらく倒れていたのだ。呼子を聞きつけた夜回りが駆け付けて、その後、手助けが何人か来て、担ぎ上げられた。呂庵のもとに運び込まれたのはどうにか覚えている。現場から一番近い外科医が、ここだったようだ。だが治療を受けた時の記憶は、曖昧になっていた。後はそのまま寝入ったのだろう。

「あー、どうも、大変お世話になりました」

急いで礼を言ったが、いやいや、と呂庵は手を振った。

「お気になさることはない。ご自身のお体の方を心配なすって下さい。とは言っても、もうそれほど心配は要らんでしょう。立てるようでしたら、お帰りいただいて結構です」

どうやら深刻な怪我《けが》ではないようだと知り、おゆうは安堵の息を吐いた。

「ありがとうございます。その、私は」

「はい、存じております。と申しますか、木戸番の者が知っておりましたようで。東馬喰町の、おゆう親分さんですね。私もお噂は耳にしたことが」

やはり自分は、だいぶ有名なようだ。それがこの醜態では、どうにも気恥ずかしい。

「こう申しましては失礼ながら、女だてらに岡っ引き、いろいろとご苦労もおありでしょう。昨夜はいったい何者の仕業か存じませんが、どうか充分にお気を付けください」

「重ね重ね、ご心配恐れ入ります」

赤くなって俯《うつむ》くと、呂庵は安心させるように言った。

「お雇いなのは、南町の鵜飼様と聞きましたので、朝になってうちの者を八丁堀に知らせにやりました。東馬喰町の方へも一人行かせましたので、じきにお迎えに来られるでしょう」

えっ、とおゆうは目を剝いた。伝三郎に連絡が行ったのか。うわあ、心配かけちゃうなあ。何て言われるかなあ。

「あの、今、何刻《なんどき》頃でしょうか」

「はい、五ツを過ぎましたところで」

午前八時過ぎか。襲われたのは午後六時頃だから、ずいぶん眠っていたことになる。

それにしても、襲った奴は……。

表で慌ただしい足音がしたと思ったら、勢いよく戸が開けられ、大声が響いた。

「南町奉行所の鵜飼だ。ここに東馬喰町のおゆうが運ばれたと聞いた」

ああ、はいはいと呂庵が迎えに出て行き、おゆうは急いで布団の上に座り直した。だが、襦袢《じゆばん》姿なのに気付いてちょっとうろたえる。傍らに控えていた呂庵の弟子らしい男が、さっと着物を羽織らせてくれた。懐にスタンガンの感触がある。どうやら、これには気付かれずに済んだようだ。岡っ引きだということで、持ち物の詮索は避けたのだろう。昨日は少し暖かかったので、現代の保温下着を着けていなかったのは幸いだった。

呂庵に案内された伝三郎が入って来た。頭にさらしを巻いて布団に座っているおゆうを見て、眉を吊り上げる。

「何だお前、寝てなきゃ駄目じゃないか」

「いえ、もう大丈夫です。呂庵先生も、そのように」

着物の前を閉じながら言う。伝三郎は呂庵の方を向き、頷きが返るのを見て、ようやく安心した様子でおゆうの前に座った。

「いったい、何があったんだ」

「はい。本郷竹町に聞き込みに行った帰り、神田川べりに出たところで、急に後ろから殴りかかられました」

本郷竹町、と聞いて伝三郎は怪訝な顔をした。

「あそこに何があるんだ」

そう言えば、余兵衛のことはまだ伝三郎に話していない。しかし捜査上の話を呂庵の前でするのは、まずかろう。

「宇田川先生が捜してた職人の一人と、連絡がつかなくなっている件はちょっとお話ししましたよね。その人、本郷竹町に住んでるんですが、どうも名倉様を介して土佐屋の満之助さんの一件と、繋がりがあるんじゃないかと思えて」

何、と伝三郎は驚きを見せた。

「どういうことなんだ」

おゆうは声を低めた。

「ここでは何ですから、家へ帰ってからにしましょう」

伝三郎も呂庵の顔をちらっと見て、そうだなと承知した。それから急に、苦渋を浮かべて唸るように言った。

「名倉か。畜生め」

伝三郎はおゆうに体を寄せると。手を取り、ぎゅっと握った。えっ、とおゆうは目を瞬く。

「済まん。旗本を相手にしている以上、もっと気遣うべきだった。頼りになると言っても、お前は女だってことをもっと考えなきゃいけなかった」

伝三郎は、おゆうの体をぐっと引き寄せた。おゆうはちょっと驚いたが、そのまま身を任せる。ただし、懐のスタンガンが伝三郎に触れないよう用心しなくてはならなかった。

「一人で行かせるんじゃなかった。お前にもし何かあったら、俺は……」

伝三郎は言葉を詰まらせた。心の底から心配してくれている。おゆうを失ったら、と考えて、恐れ慄《おのの》いている。それが何より嬉しい。

気が付くと、呂庵と弟子は気を利かせたのか、部屋からいなくなっていた。

「鶉飼様……」

羽織った着物が肩を滑り、おゆうは伝三郎の胸に顔を埋めて目を閉じた。ああ、もうこのまま……。

「おーいおゆうさん、襲われて殴られたって聞いたぞ！　大丈夫なのかいッ」

襖をぶち破るような、源七の怒鳴り声が聞こえた。えーいもう、またしても邪魔が！

源七は、下っ引きの千太《せんた》と藤吉《とうきち》も連れて来ていた。いずれもおゆうの馴染みで、何度も手伝いを頼んだしっかり者の若い衆だ。何があった、どいつの仕業だと騒ぐ源七に加え、千太と藤吉も、姐さん本当に大丈夫ですかいと食い下がる。それをどうにか宥め、全ては家の方でと落ち着かせ、駕籠を呼んでもらった。呂庵にとっては迷惑な患者だったかもしれないが、少しでも気分が悪くなったら、いつでも来て下さい、と親切に送り出してくれた。

東馬喰町までの道中は、伝三郎と源七たちの合わせて四人が、駕籠の周りを隙なく固めた。源七に至っては、何かヘマをやったら承知しねえぞと駕籠かきまで睨みつけるので、駕籠かきはすっかり縮み上がって、普通の倍近くも時間がかかってしまった。だがそのおかげで駕籠はほとんど揺れず、頭を怪我したおゆうにとっては有難かった。

家の前で駕籠を降り、四人を引き連れるような格好で家に入った。が、そこで一瞬、固まった。三和土《たたき》に草履がある。宇田川が来ているのだ。

伝三郎もすぐ、草履に気が付いた。眉をひそめるようにして、おゆうを見る。

「千住の先生、来てるのか」

「えーっと、そうみたいですねぇ」

当惑しつつ、襖を開けた。座敷の真ん中に、宇田川が座っていた。大人数で帰ってきたので、驚いた様子だ。おゆうが頭にさらしを巻いているのに気付くと、眉が吊り上がった。

「え、何だ、その頭、どうしたんだ」

江戸の学者の言葉遣いを忘れ、叫ぶように言った。待て待て、とおゆうは両手を広げて落ち着かせる。

「いえあの、宇田川先生、大したことじゃないんです。頭を殴られたけど、軽く済んで」

立場を思い出させるため、「先生」を強調して言った。宇田川もそれで少し、気を取り直したようだ。咳払いして、伝三郎を睨んだ。

「鵜飼さん、どういうことですか」

「どういうこと？」

いきなり詰問するように言われた伝三郎は、むっとした顔で宇田川の前に座った。

「お調べの途中で、誰かに後ろから襲われたんですよ。おゆうのやってることが気に食わない奴の仕業らしい」

「お調べの途中って、あんた」

宇田川の顔が、険しくなった。

「鵜飼さんの指図で調べに行ってたんでしょう。それが襲われたなら、誰がやったか見当が付いてるんですか」

「いや、まだわからねえが」

「わからない？　そもそも、おゆうさんを動かしてるのはあんただ。おゆうさんがこんな目に遭わないよう、きちんと見守るのもあんたの役目じゃないのか」

「何だと？」

　伝三郎の顔色が変わった。一般的に言えば、岡っ引きは同心に雇われていると言っても、概念としては個人事業主への業務委託に近い。同心に岡っ引きの安全を守る雇用者責任などないのだが、ことおゆうに関しては、伝三郎は自分が守るべきだと感じているらしい。おゆうとしてはとても嬉しいのだが、宇田川がそれを衝《つ》いたことで、伝三郎の神経を逆撫でしたようだ。

「あんたに言われるまでもねえ。そうまで偉そうなことを言うなら聞くが、おゆうが襲われたのは、あんたが頼んだ調べのせいじゃねえのかい」

「私の頼んだ件？」

　宇田川が顔を歪めた。

「ああ、そうだよ。蘭学絡みで職人を探させてたろ。おゆうはそいつのことで本郷竹町に行った後、襲われたんだ。そっちの絡みだと考えるべきだろうが。違うか」

　自分も本郷竹町の余兵衛の長屋に行った宇田川は、ぎくっとしたように顎を引いた。そうなのか、とばかりにおゆうに目を向ける。おゆうは慌てて言った。

「い、いや、そうかもしれないけど、両方の件は繋がってて……」

「じゃあ、どっちのせいなんだ」

宇田川が口にすると、伝三郎が声を荒げた。

「押し付け合おうってのか！　あんた、おゆうに何をさせたいんだ」

「そっちこそ、危険の度合いも判定せずに闇雲に調べをやらせるのか。それでおゆうさんに何かあったら、どうする気なんだ」

「何を言いやがる！　あんたの勝手な頼み事でおゆうが危ない目に遭うなんざ、見過ごしにできるか！」

宇田川と伝三郎は同時に立ち上がり、掴みかからんばかりになった。源七と千太と藤吉は、この有様に啞然《あぜん》としている。おゆうは仰天した。二人が喧嘩を始めるなんて。しかも、自分のせいで。宇田川は興奮して、現代語を出しそうになっている。これはヤバい。絶対にヤバい。

「ちょ、ちょっと待ってえッ」

おゆうは二人の間に割って入った。

「やめてやめて！　私のために喧嘩なんて」

似たようなフレーズの昭和ポップスがあったような気がする。自分が生まれる前の曲だからうろ覚えだけど……まあ、今それはいい。

「私をぶん殴った奴を、まず見つけなきゃ、でしょう。ちょっと落ち着いて下さいな。今までにわかったこと、全部話しますから」

伝三郎も宇田川も、鼻息はまだ荒かったが、気を取り直したようだ。互いに睨み合いつつ、腰を下ろした。

「いいですか。まず、余兵衛さんという銅細工職人がいましてね……」

おゆうは四半刻余りをかけ、余兵衛と満之助が共に名倉と関わっているらしいこと、それは銅版と土佐屋の紙を使った何か、例えば贋作などではないかと思えることを話した。おゆうとしては、これでどうだ、と胸を張りたかったが、伝三郎と源七の感触はイマイチだった。

「その余兵衛だが、名倉と関わってるってのは、どうしてわかるんだい」

源七が聞いた。おゆうは言いかけて、困った。その根拠は、名倉の屋敷の傍から銅板と一緒に余兵衛らしい骨が見つかった、というところにある。だが無論のこと、それは江戸で説明できる話ではないのだ。

「そもそも余兵衛は、まだ生きてるのか死んでるのかもわからねえんだよな。ただ女と、どっかに行っちまっただけかもしれねえ」

源七は、余兵衛のことは事件なのかどうかすら怪しい、と思っているようだ。無理もない。いつもは死体が見つかってから、初めて事件として扱っているのだから。

「確かに余兵衛と名倉を結びつけるのは、無理があり過ぎるな」

伝三郎も源七に賛同した。

「それとも、先生の方で何かあるんですかい」

伝三郎は宇田川に話を振った。隠してることがあるんなら、承知しねえぞという口調だ。宇田川は「いいや」と受け流した。

「だが、土佐屋の納めた特注の紙が何のためか、というのは気にすべきでしょう。銅版画に使うものではないか、というのは一理ある」

ふうん、と伝三郎は顎を掻いた。

「おゆう、土佐屋はそいつが銅版画に使う紙だ、って言ってるのか」

「いいえ、それは何とも。でも土佐屋さんは、これまでにああいう紙の注文を受けたことはないようですし」

「それを気取られないよう、敢えて銅版画の紙を扱ったことのない店に注文した、ってのは考えられなくはないが」

伝三郎は、しきりに首を捻っている。

「日本橋の紙問屋を当たれば、司馬江漢先生に銅版画の紙を納めた、という店も見つかるでしょう。そこで土佐屋からおゆうさんが貰った見本を見せればいい」

宇田川が言った。伝三郎は頷いたが、わかりきった話で口を出すな、と思ったのが、表情から窺えた。

「それで、だ。おゆうさんは、自分を殴った奴はその辺のところを嗅ぎ回られるのが嫌だった、って考えてるんだな」

　源七が首を捻りながら言う。余兵衛絡みという解釈には、まだ納得していないようだ。

「しかし本当に危ないところだった。まともに頭をやられたら、気を失ったまま神田川に放り込まれてたかもしれやせんねえ」

　千太がいささか無神経な言い方をしたので、伝三郎と宇田川が同時に睨んだ。千太は、しまったと首を竦めた。だが千太の言う通りだ。相手は自分を殺す気だったに違いない。ほんの僅《わず》かの差で命拾いしたと思うと、背筋が凍った。

「その通りだ。そこまでするってのは、余程のことだ。余兵衛とかいう職人のことはひとまず置いても、満之助の一件には相当大きな企みが関わってる、ってのは間違いあるまい」

　伝三郎が言うと、源七も「なるほど」と唸った。

「てこたァ、やっぱり名倉、ですかい」

　うむ、と伝三郎も呟いた。

「おゆう、お前を襲った奴について、何か覚えてることはないのか」

「後ろからいきなり、でしたから」

だが、確かに何も見えなかったわけではない。

「ちらっとですけど、目に入ったのは濃い色の着物と、黒い股引を穿《は》いてた、ってことです」

うーんと源七が腕組みする。

「この季節じゃあ、ごく普通の格好だなあ」

「そうなんですがね……」

おゆうは大事なことを思い出していた。

「私、昨日の昼間、竹次郎に尾けられてたんです」

「何だと？」

源七と伝三郎は、目の色を変えた。

「確かなのか。どこで気付いた」

「土佐屋さんに行った後……」

坂井屋へ寄って、と言いかけて思い止《とど》まった。坂井屋へ行った理由を聞かれたら、骨と一緒に見つかった銅板のことを話さねばならなくなる。

「……余兵衛さんの娘のお照さんのことも捜してみよう、と思い立って、本郷竹町へ行く途中で気付いたんです。で、撒《ま》いてやったはずなんですが」

「撒いたはずが、そうは行かなかったかも、ってわけか」

言ってから源七は、当然のことのように確かめた。

「で、奴は濃い色の着物と黒い股引、だったんだな」

おゆうは、こくりと頷いた。源七の目が、怒りに燃えた。

「あの野郎……」

まあ待て、と伝三郎が止める。

「竹次郎がおゆうを襲ったとしたら、理由は何だ。奴は余兵衛とお照のことを探られたくなかった、ってのか。それとも、土佐屋の満之助のことか」

いずれにしても、岡っ引きが他の岡っ引きを殺そうとするなんざ、只事《ただごと》じゃねえ、と伝三郎も怒りを露わにした。

「名倉の差し金じゃないですか」

宇田川が口を挟んだ。伝三郎が苛ついた顔を見せる。

「余兵衛のことで竹次郎が動いたのなら、それは余兵衛と名倉と満之助の繋がりを示す、一つの根拠になりませんか」

「竹次郎が名倉に飼われてる、ってえ証《あか》しは、何もありませんぜ」

「今のところは、でしょう」

畳みかける宇田川を、伝三郎は忌々しそうに見つめた。だが、すぐ確かめるべきと思ったようだ。「源七」と声を上げた。

「四ツ谷へ行って、竹次郎を連れて来い。あいつは一度、締め上げてみる必要がありそうだ」

「合点です」

そう来なくちゃ、という顔で源七は応じ、千太と藤吉を連れて早速出て行った。伝三郎も立ち上がる。

「俺は名倉についてもっと調べてみる。お前はしばらく、養生してろ」

おゆうにそう言ってから、伝三郎は宇田川をまた睨んだ。まだ文句をつけたいようにも見えたが、そうはしなかった。代わりに「こいつが無茶しないよう、あんたもよく見てて下さいよ」と言うと、おゆうに目で「俺に任せろ」と告げると、そのまま外に出た。

「やれやれ。どうも気の短い奴だな」

残った宇田川は、伝三郎の後ろ姿に向かって呟いた。あんたが言えた義理じゃないって、理解してないのか。おゆうは呆れたが、すぐ宇田川の肘を突《つっ》いた。

「それで？」

宇田川は「え？」と振り向いた。おいおい、忘れてるのか。

「あんたねえ。ここに来てたからには、私に伝えることがあったんじゃないの」

あ、そうだと宇田川は懐に手をやった。引っ張り出したのは、皺のよったメモ用紙だ。

「ＤＮＡ照合結果だ。あの余兵衛って男のＤＮＡ、骨のと一致した」

よし、とおゆうは拳を握った。メモ用紙も一応開いたが、専門用語と記号と数字を見てもわからない。一致、という結果だけで充分だ。

「予想した通り、ってわけね」

「ああ。じゃ、あんたも東京に来い」

え？　とおゆうは首を傾げた。

「何か向こうにあるの？　新しい発見とか」

「何言ってる。あんたのことだ」

宇田川はおゆうの頭を指した。

「殴られて倒れたんだろ。ちゃんと検査しろ」

「え？　いやいや検査って、大袈裟《おおげさ》な」

笑って手を振ったが、宇田川の顔つきは至って真剣だった。

「頭の傷は馬鹿にできん。ラボの仕事の関係先に、三鷹《みたか》の脳外科病院がある。そこなら予約なしでも、電話一本で検査してくれる。すぐ行って、ＭＲＩを撮れ」

「えーっ、でも……」

止めかけたが、宇田川は否応なしにおゆうの腕を取ると、引《ひ》き摺《ず》るようにして押入れに入った。

九

宇田川の言った通り、三鷹にある脳外科クリニックは、すぐに優佳のＭＲＩ検査を引き受け、午後の空き時間に突っ込んでくれた。ＭＲＩを受けるのは初めてだったが、大きな丸いトンネルみたいなマシンに入れられ、工事現場かと思うような騒音にしばらくさらされるのを我慢した結果、脳腫瘍も脳出血も何もない、ということがはっきりした。

「綺麗なもんです。何も問題ありません」

医師は撮影された脳の輪切り映像を見せながら、軽い調子で言った。待合室で待っていた宇田川にその旨を告げると、いつも通りの無愛想な「そうか」という返事があった。だが、声の調子から、かなり安堵したらしいのが伝わった。大袈裟だなあ、と可笑《おか》しくなったが、本気で心配してくれるのは有難い。この検査だって、健康保険は優佳自身のものを使ったが、料金は宇田川が支払ってくれていた。自分の怪我なんだからそのくらい払う、と言ってみたが、そもそも優佳の現代の生活は、残り僅かな貯金以外、宇田川の仕事を手伝うバイト料で何とか保たせているのだ。事実上、宇田川の援助で暮らしているようなものだった。

「こいつは、俺が頼んだ例の骨の調査に関わる必要経費だ」

宇田川はそんな言い方をした。

「わかった。ありがとう」

優佳が頭を下げると、宇田川は照れたように横を向いた。


日が傾く前に、江戸に戻れた。押入れから出たおゆうは布団を敷いて、横になった。検査結果から言えば、別に安静にしていなくても大丈夫だが、伝三郎が様子を見に来てくれるだろうから、一日寝ていたと装った方が、心配させずに済む。

殴られたところを、手で撫でてみた。はっきりわかるたんこぶができていて、押さえるとまだ痛い。これをやったのが竹次郎だとしたら、お返ししてやらないと気が済まない。「くっそー」と独りで叫んで、布団を蹴飛ばした。

七ツ半（午後五時）を過ぎ、ちょっとお腹が空き始めたな、と思った頃、伝三郎がやって来た。「おう、おゆう、具合はどうだ」との声に、思い切り明るく「はあい、大丈夫ですよ」と答える。

「そうか。安心したぜ」

伝三郎は微笑みながら座敷に入って来た。だが、一人ではない。驚いたことに、お栄が一緒だった。

「あれっ、お栄さん。お店の方はいいの？」

驚いて問う。もう夕飯時なのに。

「うん、夕飯で混むのは、もう半刻くらい後だから。兼吉に任せて、ちょっと出て来た」

それにしても、大変な目に遭ったねえ、とお栄は伝三郎の後ろで膝をつく。

「ほら、お粥。今、あっためるから。台所借りるよ」

お栄は手にしていた土鍋を持ち上げて見せた。お栄まで気遣ってくれるなんて。

「ごめんなさい、みんなに心配かけちゃって」

何を言ってんだい、とお栄は台所に入り、手際よく竈《かまど》に火を入れた。

「少しだけど煮物も持って来た。ゆっくり食べてよ」

お栄の声に、済みません、と返すと、伝三郎が近寄って頭に触れた。

「ああ、こりゃあ見事なたんこぶだな」

それ以上の怪我ではない、と見て取り、伝三郎は笑った。

「それで、竹次郎を引っ張ったんですか」

聞いてみると、伝三郎は笑みを消した。

「いや、源七から未だ知らせがねえ。普通ならとうに摑まえてるはずだが、野郎、隠れやがったかもしれねえな」

逃げ隠れしたなら、竹次郎がやったと自白したも同然だ。だが、摑まえて喋らせないことには、どういうつもりで襲ったのか、命じた雇い主がいるのか、肝心なことがわからない。

「はあい、できましたよ」

お栄が盆に粥《かゆ》の土鍋と、大根の煮物の皿を載せて運んで来た。いい匂いにお腹が鳴った。お栄はおゆうの前に盆を置くと、伝三郎とおゆうに思わせぶりな視線を送り、「それじゃ、あたしは店に戻るから」と言って引き上げた。後はお二人でごゆっくり、ということだ。

「まあとにかく、食えよ」

伝三郎が勧めるので、おゆうは椀に粥をよそって、有難くいただいた。江戸の人情味が沁《し》みていて、泣けるほど美味しかった。

お腹が膨らんだところで、伝三郎が言った。

「今日、戸山《とやま》様に名倉のことを尋ねてみた。あのお人なら、何か小耳に挟んでるかもしれねえ、と思ってな」

戸山とは、南町奉行所内与力の戸山兼良《かねよし》のことだ。同心のような奉行所のプロパー職員ではなく、奉行の家来で、秘書室長のような役割を務めている。渉外などの仕事もあるので、各方面に知己も多い。

「そうか。戸山様なら、お願いすれば聞いてくれますよね」

「ああ。たまにはこっちの役にも立って貰わねえとな」

伝三郎はニヤリとする。戸山は伝三郎やおゆうの腕を見込んで、今までに様々な難しい特命を振ってきた。お返しして貰っても罰《ばち》は当たるまい。

「で、何かわかりましたか」

いや、と伝三郎は頭を掻いた。

「奥方の亡くなり方に不審がある、ってぇ左門の話だったよな。それは戸山様の耳にも入ってた。どうも名倉は、それ以外にも胡散《うさん》臭いところがあるようだ。金にも詰まってるらしい」

目付にも、文字通り目を付けられているようだ。だが戸山も、それ以上具体的なことは知らなかった。

「今は無役、ということでしたね。何か御役目に就かれていたことはあるんですか」

「さあ、その辺だ」

伝三郎は心なしか声を低めた。

「戸山様もはっきり知らんようだが、噂によると何か御役目で不祥事があったらしい」

「まあ。不正を働いたとか、そんなことでしょうか」

伝三郎は、たぶんな、と軽く頷く。

「袖の下を取り過ぎた、とか？」

それには伝三郎は首を傾げた。

「近頃は、賄賂《わいろ》なんざ誰でも懐にしてる。それなりの御役目に就いていて貰ってねえ奴がいたら、その方が珍しいや」

実際、伝三郎もおゆうも、町方の人たちから幾分かの付け届けを受け取っていた。言い訳みたいになるかもしれないが、それは賄賂とは少し違って、日々の働きへの御礼と円滑な情報交流のため、という感覚だ。ただ、おゆうたちはそれを出さなかった人たちの扱いを悪くする、などということは絶対にしないが、そうでない連中もいるのは確かだ。

「じゃあ、何でしょうね」

「わからんが、そこは戸山様にお頼みしておいた。こっそり何か聞き込んでくれるだろう」

「あら、そこまでやって下さるんですか」

「奉行所としても、名倉が妙なことを企んでいやがるなら、放ってもおけねえからな。

それに、この前の茶室の一件で、戸山様には貸しがあるだろ」

ああ、とおゆうも薄笑いを浮かべた。

「てぇことだから、もっといろいろわかるまで、この一件に関しちゃ無理せず養生しろ。どうしても出て行く場合は、源七と一緒に動け」

また襲われては大変、という気遣いだ。おゆうは、ありがとうございます、とおとなしく頭を下げたが、これでびびって引っ込むつもりは、毛頭なかった。

翌朝、おゆうは「さかゑ」に行って土鍋と皿を返し、改めてお栄に礼を述べた。

「土鍋なんかいつでもいいのに。ほんとに無理しちゃ駄目よ」

お栄はたんこぶを撫でるようにして、優しく言った。すぐに源七も、千太と藤吉を連れて出て来た。

「おゆうさん、大したことなくて良かったな。顔の色艶も戻ってるぜ」

「ありがとうございます。こう見えて、相当頑丈にできてるんで」

おゆうは袖をまくり、二の腕を叩《はた》いて見せた。源七が苦笑する。

「こう見えてってぇか、姐さんは最初から頑丈に見えてますから」

なんせこいつよりでかいくらいですし、と千太が、自分より少しだけ小柄な藤吉の背を叩いて、茶々を入れた。おゆうはわざとらしく、目を怒らせてやる。

「私をからかうとは、いい度胸だね」

いやそんな、と千太は両手を上げて、後ろに飛びのいた。おゆうは千太の脇腹にエルボーを食わせて、源七に言った。

「竹次郎は、昨日は見つからなかったんですね」

「そうなんだ。どこへ行きやがったか、昼前から姿が見えねえそうでな」

もし名倉の屋敷に入り込んでたら厄介だな、と源七は渋面になった。

「とにかくこれから、もう一ぺん四ツ谷に行ってみるつもりだ」

あんたはどうする、というように源七はおゆうの顔を窺った。

「私は、日本橋の紙問屋と絵の版元を、と思ってます。土佐屋に注文された特別の紙が、銅版画と繋がるかどうか、確かめないと」

「そうか、紙のほうから探るか。しばらくあんたを一人にするなと、旦那から言われてるんだが」

源七は千太の方を向いて、「お前、今日はおゆうさんに付いてろ」と命じた。千太の顔がぱっと明るくなり、「合点です！」と威勢のいい返事があった。藤吉が、ニヤニヤする。

「そりゃあ、おっかねえ親分より別嬪の姐さんに付いた方が、いいに決まってるよなア」

馬鹿野郎！　と源七が怒鳴る。

「張っ倒されてえのか。ほれ、行くぞ。さっさと来い」

源七は勢いよく「さかゑ」を出て行き、慌てて藤吉が追った。

「じゃあ千太さん、こっちも行くよ」

おゆうが促すと、千太は嬉々として付き従った。お栄が切り火で送り出してくれた。


「ふむ、銅版画でございますか。ええ、確かにそういう紙でございますな」

日本橋通りの北の端、神田須田町《すだちょう》にある紙問屋、上田屋の番頭は、あっさりと言った。ここは以前、ある事件の解決のため、一度訪れたことがある店だ。もっとも、おゆうの顔を覚えている様子はない。番頭は、ほぼ同様のものがこれです、と見本を出してきた。

「雁皮《がんぴ》が多く使われており、この通り丈夫です。度重なる刷りの圧に、充分に耐える紙でございます」

「では、銅版画のために実際にこういったものを、お売りになったことが？」

おゆうが聞くと、これにも番頭はすぐ「はい」と答えた。

「親分さんのお持ちのこれは、どちらで？　は、土佐屋さんですか。あちらでは銅版画の紙は、扱われていなかったかと思いましたが」

番頭は言外に、どうしてうちではなく、銅版画紙の経験のない土佐屋に注文があったのだ、という不満か不審のようなものを示した。詳しいことを話す気のないおゆうは、早々に退散した。

「姐さん、銅版画に使う紙ってのは、普通の木版の紙とは違うんですかい」

千太が聞いてきた。

「うーん、どっちかでなきゃ駄目、ってことはないと思う。でも、絵の具の吸い具合とか、いろいろ違うこともあるらしくって、まあ、職人のこだわり、ってやつかもしれないね」

実はおゆう自身にも、はっきり理解できていなかった。千太は、「なるほど」と、何となく勝手にわかったような顔になっている。

「でも、それだけ紙にもこだわるってこたァ、名倉って奴、よっぽどちゃんとしたものを作りたかったんでしょうねえ」

それはそうだね、とおゆうは頷いた。が、僅かに引っ掛かりを覚えた。よっぽどちゃんとしたもの、か。それって……。

次に訪れたのは、画商の今井屋《いまいや》だった。大手の蔦屋などには到底及ばないが、浮世絵の版元もやっている店だ。おゆうは主人に、近頃贋作は出ていないかと聞いた。特に銅版画の、と念を押してみる。

「ええ、贋作なら年中、見つかりますとも。無論のこと、それを見分けるのも商いのうちでございまして」

自分の目こそ確かだ、という風に今井屋は胸を張った。

「しかしその、銅版画と言えば、まず名の知れたお方は司馬江漢先生ですが、その贋作が出たという話は、耳にしておりませんなあ」

今井屋は、きっぱり言い切った。

「江漢先生の作は確かに売れますが、やはり浮世絵などと違いまして、独特の風味ですから見る人を選ぶところがございます。誰もがこぞって買う、というより、好事家の方がお求めになって楽しむ、というような」

「数はそれほど、出ないのですか」

「はい。木の板を彫るのも大変ですが、銅版を作るにはそれとは違う技が要ります。それができる職人は、限られております」

それは坂井屋に聞いて、充分に承知している。

「作るのが難しく、版画ですから値もさほどではない。しかも浮世絵ほどには数が出ない、となれば、贋作を作ってもおよそ割が合わないと思いますが」

うーん、とおゆうは内心で唸った。確かに、一昨日行った天水堂も、同じようなことを語っていた。

（土佐屋が名倉に納めた紙で、浮世絵が何枚刷れるかな）

大判の浮世絵はだいたい縦三十八センチくらい、横が二十六、七センチだから、一巻き一丈で、十六枚ほどだ。元経理部員だけに、暗算は早い。

（四十本で、六百四十枚か……）

浮世絵は一枚四十文くらいだから、全部売っても六両二分足らずにしかならない。だがポスターや絵葉書みたいな扱いである浮世絵と違い、江漢の画は美術品である。天水堂の言うように一枚一両なら六百四十両。物価換算を加味すれば、現代のお金にして一億五千万くらいか。うん、これなら充分な稼ぎだ。

（いや、待てよ……）

おゆうは、天井を見上げて暗算する様子を訝し気に見ていた今井屋に向き直り、もう一度聞いた。

「江漢先生の版画が、六百枚ほど出回る、なんてことはないでしょうか」

「六百枚、ですか」

今井屋は呆れたような顔をした。

「幾ら何でも、それは。それだけまとめて世に出れば、忽ち同業の間に話が広がって、これは怪しいということになってしまいます」

ですよね、と頷いてから、さらに聞いた。

「小出しにすれば、どうでしょう。年に二、三十枚とか。あと、京や大坂でも売るとか」

ふむ、と今井屋は考え込む。

「そのくらいなら、目立たないかもしれません。しかし、捌《さば》き終えるのに三十年くらいかかってしまいますよ」

そうだよねえ、とおゆうも思う。ずいぶん気の長い話だ。とは言っても、年間二、三十両入ってくるなら、四百石の旗本の副業としては悪くないのでは。

「正直なところ、親分さんに言うのも何ですが、銅版画の贋作を作る手間をかけるより、もっと簡単に儲ける仕事がありそうな気がいたしますがねえ」

それは……まあ、常識的にはそうかもしれない。おゆうは曖昧な笑みを返しておいた。


飯屋で昼食を摂りながら、千太が「次はどうしやすかい」と聞いた。おゆうはちょっと考える。他に押さえておくべきことは、残っていないだろうか。

あ、そうだと思い出した。肝心のものが、一つ。

（あの銅板を名倉か余兵衛に売ったはずの店のこと、忘れてた）

坂井屋ではなかった。調べた限りでは、江戸に地売り銅を扱う店は他に二軒しかなく、有難いことにどちらも、日本橋から遠くない。骨と一緒にあった銅板の切れ端は、家の簞笥に入れたままだ。おゆうは、すぐに動こうとした。

そこで思い止まった。骨と銅板のことは、宇田川しか知らない話だった。千太を連れて行くわけにはいかない。

「今日はこれくらいにしときましょう。ご苦労さんだったわね」

おゆうが微笑んで言うと、千太は少し物足りなそうにしたが、「へい」と頷いた。

家まで送ってくれた千太に駄賃をやり、しばらく休んどくと言って帰してから、おゆうは懐紙に包んだまま簞笥にしまっていた銅板を出し、懐に入れて家を出た。一人で内密に動くのは、今が好機だ。二軒に聞き込みするだけなら、すぐに済むだろう。

確かに時間はかからなかった。と言うのも、訪ねた二軒ともが、銅板の切れ端を見て、自分のところで扱ったものではない、と断じたからだ。てっきり名倉か余兵衛の名が出るものと決めてかかっていたおゆうは、失望した。それじゃあ、この銅板はどこから出て来たんだ。

首を捻りつつ家に帰ると、驚いたことに千太が舞い戻り、表戸の前で待っていた。

「あっ、姐さん。どこへ行ってたんです」

「ああ、うん、ちょっと買い物にね」

焦って言い繕ったが、千太は深く聞こうともせず、急き込んで言った。

「うちの親分から、四ツ谷にすぐ来てほしいってことで。お伴しやす」

源七が来てほしい？　どうしたんだ。

「竹次郎のことで、何かあったの」

そうなんで、と千太は大きく頷いた。

「なんとその竹次郎親分の死骸が、見つかったんですよ」

十

神田川沿いに、四ツ谷へと急いだ。途中、一昨日自分が襲われた学問所脇を通る時は、さすがにぞくっとして足が鈍った。千太がその様子に気付き、しまったという顔をする。だが、ここで怯《ひる》んでなどいられない。おゆうは大丈夫だからと手を振り、千太に先を急がせた。

四ツ谷塩町に着いたのは、八ツ半だった。竹次郎の死骸は、既に番屋に運び込まれていた。

「おう、おゆうさん。こっちまで呼び立てて悪いな」

藤吉を従えて番屋で待っていた源七が、おゆうを見て立ち上がり、土間の筵《むしろ》を示した。おゆうは跪《ひざまず》き、筵をめくってみる。竹次郎に間違いなかった。しばらく水に浸かっていたようだ。

「町家と武家屋敷の間にある溝《みぞ》に、うつ伏せになってたんだ。殺られたのは、昨夜らしい。上に破れた簾《すだれ》がかかってたんで、昼頃まで誰も気付かなかった」

この界隈を回っている棒手振りが、溝に落ちた簾の下から人の足が覗いているのに気付き、青くなって番屋に駆け込んだのだという。見に行った木戸番と小者が簾をどけてみたところ、竹次郎だとわかって仰天し、竹次郎を捜しに来ていた源七にすぐ知らせたのだ。

「簾は、古くなって破れたまま、その辺の裏手に捨てられてたやつだ。死骸を隠すために被せておいたんだな」

源七がざっと調べたところでは、竹次郎は後ろから頭を殴られ、倒れたところをさらに二度殴られたようだ。

「頭の傷からすると、そんな具合だな。虫の息で溝に放り込まれ、そのまま死んじまった、てぇわけだ」

自分の時と同じ手口だ。頭の傷がずきんとし、思わず手をやった。察した源七が「大丈夫かい」と気遣いの声を掛ける。

「ああ、いえ、平気です」

おゆうは筵の下の方をめくり、竹次郎の足を調べた。股引を少し上げ、踝を見てみる。自分を襲ったのがこいつなら、スタンガンを当てたところが小さな火傷になって残っているはずだ。

ところが、何もなかった。右足にも左足にも、それらしい傷は全く見当たらない。おゆうは困惑した。こいつの仕業ではなかったのか。

「足が気になるのかい」

おゆうの様子を訝しんだか、源七が尋ねた。

「実は、襲われた時に相手の足首に、引っ掻き傷を付けてやったはずなんですよね。でもほら、竹次郎には傷がありません」

「え、本当かい」

源七は屈みこんで、おゆうの言う通りだとわかって呻いた。

「足に傷を付けた、ってのは間違いねえんだな」

「ええ。自分でも忘れていて、今しがた思い出したんです」

あんな目に遭ったんだから、多少忘れてても無理ねえや、と源七は納得してくれた。

「じゃあ、あんたを襲ったのはこいつじゃねえわけだ。一体、誰なんだ」

脇から藤吉が口を出した。

「名倉ってぇ旗本が悪さをしてやがるなら、そいつが雇った三下じゃありませんかね」

源七が振り向き、じろりと藤吉を睨んだ。知った風なことを言うな、と言いかけたようだが、思い直したのか顎を撫でた。

「ふうん。そいつはありそうだな」

だがおゆうは、簡単には頷けなかった。今のところ、おゆうは名倉家の誰とも接触していない。名倉がおゆうの動きを知ったとしても、旗本が岡っ引き一人を恐れて動きを封じようとするとは、考え難かった。

「しかし旗本屋敷に探りを入れるわけにもいかねえ。まずは、竹次郎を誰がどうして、殺ったかだ」

竹次郎には敵も多いはずだ。名倉の件に絡んで殺された、とは必ずしも断定できなかった。

よし、と源七は気合を入れるように帯を叩いた。

「この隣は、麴町の万蔵《まんぞう》の縄張りだったな。あいつは竹次郎より余程真っ当だ。まずはあいつの顔を立てて、手を借りることにしよう」

源七は万蔵と共に、竹次郎の周辺を調べるつもりらしい。

「てぇわけでおゆうさん、こっちの方は俺に任せろ」

「わかりました。お願いします」

普段馴染みのない四ツ谷で地取り捜査をするなら、顔が利く者の方が良い。おゆうは銅板と贋作の方を引き続き追うことにした。そちらは、おゆうにしかできないのだ。

千太に送られて家に帰った時には、もう夕方になっていた。千太が帰ると、ほぼ入れ違いに伝三郎が様子を見に来てくれた。

「よお、四ツ谷まで行ってくれたようだな。無理しなくてもいいんだぜ」

ほれ、と風呂敷に包んだ土鍋を差し出した。お栄のところで、湯豆腐を用意してもらったという。おゆうは喜んで土鍋を火鉢に載せ、温め直す間に酒を用意した。今夜は二人で鍋をつつきながら、差しつ差されつだ。

伝三郎は別件で深川に出向いていたので、竹次郎の死骸の検分には行けなかったという。

「おおよそのところは源七から知らせが来てるが、竹次郎はお前を襲った奴じゃなかったそうだな」

「ええ。てっきり私もあいつだと、思ってたんですが」

「すると誰の仕業か、ってことになるが、源七の考える名倉の手の者、ってのもちょっとなあ」

これについては、伝三郎もおゆうと同じ考えのようだ。

「お前自身、他に心当たりはねえのか」

「ええ、ちょっと思い付けません」

今まで聞き込みをした相手の中には、不審に思える人物はいなかった。

「そうか……源七が竹次郎の周りを当たって、何か嗅ぎ出すかもしれねえが」

伝三郎も、今はこれと言った見立てはないらしい。そこでおゆうは、贋作の件を持ち出してみた。

「司馬江漢の銅版画の贋作？　そんな代物が見つかったのか」

伝三郎が驚きを見せたので、いえいいえと打ち消す。

「もしかしたら、って話です」

おゆうは上田屋と今井屋に行った話をした。伝三郎は眉間に皺を寄せた。

「お前、何とかして銅細工職人と名倉と土佐屋を、結び付けようとしてるみてぇだな」

「いえ、まあ、そうだったら一番しっくりくるかと」

名倉が企み、職人の余兵衛を雇って銅版を作り、土佐屋に特注した紙で版画の贋作を刷って、売り捌く。これが今のところ、おゆうが考えている内容だ。骨のことを話せないのが、どうにももどかしい。伝三郎は、腑《ふ》に落ちたような様子を見せなかった。

「俺も今井屋の言う通りだと思う。儲け仕事としちゃ、割が良くねえ。だいたい、たとえ年に二、三十枚だとしても、そうそう司馬江漢の版画ばっかり出回ったんじゃ、じきに気付く奴が出てくるだろう。一度変な噂が立ったら、ああいうものは忽ち値崩れを起こしちまう。自分で自分の首を絞めることになるんだぜ」

これにはおゆうも、反論できなかった。確かに、よく考えれば考えるほど、伝三郎の言う方がもっともだという気になる。

「ぼちぼち煮詰まってきたんじゃねえか」

伝三郎が、土鍋を覗いて言った。急いで豆腐を小鉢に取る。

「ま、お前の頭も煮詰まり過ぎて焦げないようにしろよ」

伝三郎は豆腐を冷ましながら、そんなことを言って笑った。

伝三郎が帰ってから、おゆうは東京の家に移った。宇田川にＬＩＮＥでリモート打合せを呼びかけ、パソコンを立ち上げる。いろいろあったので、今日の動きを知らせておくつもりだった。

宇田川は竹次郎殺しについては、さほど興味を示さなかった。竹次郎と直接会っていないし、それはそっちの仕事だ、と割り切っているようだ。だが贋作の話には、宇田川も疑念を呈した。

「そりゃ、鵜飼同心の言う方が、筋が通ってるな」

「そうかなあ」

優佳も自信がなくなってきた。

「それにだ。あんた、大事なことを忘れてないか。銅細工職人の安右衛門だっけか、あいつが言ってただろ。あの銅板、版画に使うような大きなものじゃないと」

「でも、二百年も土に埋まってたなら、腐食で小さくなったかもしれないって……」

「何とも言えん、って答えただけだろ。腐食してああなった、とは認めてない」

優佳は懸命に思い出してみた。なるほど、宇田川の言う通りだ。

「こっちも改めて確認した。もともと銅ってのは、金属の中じゃ最も腐食し難い。銅鐸とか銅鏡とか、古代の銅製品がほとんど無傷で出土してるのは、あんただって知ってるだろ」

「でも、銅って緑青が……」

「あれは錆《さび》だ。腐食を防ぐ効果がある。あれが出るおかげで、銅本体がボロボロになることはないんだ」

それでも、埋まっていた土壌の成分によっては、腐食することもあるという。

「しかし、版画用の銅板があんなサイズになっちまうことなんか、まずあり得ない」

「じゃあ……いったい何なの、あれ」

「わからん。だが、あれは表面を綺麗にして、もう一度よく調べてみる必要があるな」

「勝手に洗浄していいの？」

「科捜研のものだから手を付けないでいたが、現代の犯罪の証拠ってわけじゃない。構わんだろう」

だったらもっと早くやっといてよ、と言いたかったが、銅板は今夜中に急送便で送る、と約束し、優佳はリモート会議を終えた。


翌朝のことである。おゆうが、次はどう動くべきかと考えを巡らせている時、伝三郎がやって来た。今は昼四ツ（午前十時）前で、こんな時間に来るのは珍しい。

「おゆう、ちょっと奉行所まで来てくれ」

伝三郎は表口を入るなり、言った。これにはちょっと驚く。

「私が奉行所に、ですか」

「ああ。俺と一緒に、戸山様に呼ばれてるんだ。どうも名倉のことらしい」

そうか。伝三郎は一昨日、名倉のことを調べてほしいと戸山に頼んでいたのだ。

「私にも聞かせていただけるんですか」

「最初に名倉のことを言い出したのは、お前だからな。それにしても、随分早いぜ」

「それだけ私たちに気を遣って下さってるんでしょうか」

「いや、名倉自身に何か大きな厄介があるんじゃねえかな。とにかく、聞いてみようや」

幸い身支度は整っていたので、おゆうは伝三郎に急かされて通りに出た。

奉行所に着くと、すぐに戸山の部屋に通された。奉行所は奉行である筒井和泉守《つついいずみのかみ》の役宅を兼ねているので、その家来たる戸山も、執務室と居室を持っている。二人はその執務室の隣の小部屋で、戸山と向き合った。

「狭いところで何だが、あまり大っぴらにする話でもないのでな」

戸山は前置きのように言った。やはり厄介が絡む話のようだ。

「小普請の旗本四百石、名倉彦右衛門のことであるが」

小普請とは、三千石以下の無役の旗本が属する組織で、決まった業務などはない。研修的なことが課される場合もあるようだが、企業のリストラ部屋のような感じだ。ただし、旗本身分は保証されているので、「自主退職」などというものはない。

「だいぶ困窮しているようだな」

でしょうな、と伝三郎が頷く。旗本は役職に就けなければ役料、つまり役職手当が入らず、家禄《かろく》という基本給だけで生活せねばならない。江戸時代も後半となれば、禄高に見合った暮らしを維持するのは役料なしでは無理で、生活費を限界まで切り詰めたり、内職や副業をやったり、ということを強いられる。

「名倉家では、先頃亡くなった奥方が、書や紙細工の内職をしておったようだ」

土佐屋が納めていた千代紙は、そのためのものだったと既に聞いている。

「しかし……それでは大した実入りにはならぬと思いますが」

伝三郎が言うと、戸山も「そうだな」と認めた。

「家士も今では乾と申す用人だけで、後は下働きが二、三いるのみ。中間は一人、口入屋を通じて入れておる」

それでもぎりぎり、といったところだろう。奥方の内職収入がなくなったのは、痛いはずだが。

「名倉様は、五両も出して土佐屋からたくさんの紙を買っています。その五両、どう工面したんでしょうか」

おゆうが疑問を呈した。それは、と戸山は首を傾げる。

「ここぞという時のために、残してあった金であろう」

やはり余程重要な紙、ということか。

「奥方様の亡くなり様に不審あり、と左門が疑っておりますことにつきましては？」

伝三郎が聞いた。そのことか、と戸山は嘆息する。

「毒殺であったかもしれぬ、ということも、土佐屋の満之助とのことも、聞いた。目付の耳にも入っておる。しかし、看取った医師も毒殺と断じたわけではなかろう。前にも言ったように、それなりの証しがなければ、手出しはできぬ。不義密通の疑いがあるとすれば、尚更《なおさら》だ」

これについては、戸山も腹立たしく思っているようだ。だが当面、致し方ない。

「では名倉様は、以前はどのようなお役に就かれていたのですか」

伝三郎が話の向きを変えた。うむ、と戸山が少し硬くなる。どうやら本題はこちらのようだ。

「御老中と勘定奉行の内命を受けてな。西国諸家の勘定について、調べておったそうだ」

「え、御老中の内命ですか」

意外な話だった。ならば名倉は、手腕を認められたエリートだったのではないか。

「勘定について特に、と申しますと？」

伝三郎が聞いた。大名家の監督は大目付の職務だが、この時代には大目付は名誉職のような扱いになっていると聞く。大名家に特に監査すべき事項がある場合は、老中が直に動いているのだろう。

「大名家が自領で発行する金札や銀札があることは、承知しておるか」

これはおゆうに尋ねたようだ。あまり一般の町人が目にするものではない、ということか。大名家が自分で出す、金銭価値のある札と言うと……。

「ああ、はんさ……」

言いかけて、慌てて止めた。藩札、と言おうとしたのだが、その呼び方は、確か明治に入ってからであり、江戸時代に発行されたもの全てを、遡ってそう呼ぶようになったのだ。今、口に出してはまずい。

「ええ、その、煩雑なことをするもんだなあ、と思いまして」

焦って言い直すと、伝三郎は戸惑ったようだが、戸山は「いかにも煩雑かもしれんな」と応じた。

「しかし、これにはいろいろと利点がある。紙切れに過ぎないのだが、大名家が札に示された額面の金銀と交換できることを保証するのだ。両替商の手形と同じで、領内に限ってだが、金と同様に使える」

意味はわかるか、と戸山はおゆうを見た。はいはい、もと経理部OL、お金に関わる感覚は確かですよ。

「ご領内で使うお金は全部その御札にすれば、ご領内にある金銀は全て御城の蔵に入れることができ、江戸の御上にお納めするお金に回せる。御大名家の勘定は、だいぶ助かりますね」

おっ、と戸山が眉を上げた。

「おゆう、なかなかよくわかっておるではないか」

恐れ入ります、と微笑む。そこで伝三郎が疑問を述べた。

「だがおゆう、御札は同じ額の金銀と交換できるんだろ？　だったら、金の総額は同じってことで、勘定は変わらねえんじゃねえのか」

「いえ、そうじゃないと思いますよ」

　おゆうはレクチャーするかのように言った。

「御札を手にした人は、毎度毎度それを本物の金銀に替えたりしないでしょう。御札のままで、他の支払いに使います。お大名家が保証しているから、安心して使うんです。たまに他所のご領内への支払いのため、本物の金銀に替える人は出ますが、そう多くはないでしょう。一度に替えられる額の限度を、定めておくこともできます。つまり、発行したお札の総額と同じだけの金銀を、常に用意しておく必要はないわけです」

「とすると……」

　伝三郎も腑に落ちたらしく、目を見開いた。

「そうか。実際に蔵にある金よりずっと多くの札を出せるわけだ。つまり、大名家の腹一つで、自分の領内の金を幾らでも増やせるってことか」

　その通りだ、と戸山が膝を打った。

「だが無論、際限なく出すわけにはいかん。金銀が足りなくて札と交換できない、ということが一度でも起きれば、札の信用はなくなり、あっという間に紙屑《かみくず》になる。だから札を出す場合は、確かな目利きが必要なのだ」

これはもう、近代の兌換《だかん》紙幣の先取りだった。過剰発行はインフレを呼び、最後は信用破綻による大恐慌になる、というところも同じだ。おゆうは時々思うのだが、江戸時代の日本って、部分的には西欧と同じくらいに先進的だったのだ。

「いや、よくわかりました」

伝三郎は恐れ入ったように頭を下げ、おゆうにも驚きのこもった目を向けた。

「では、名倉様はその、大名家がそれぞれに出した札のことを、お調べだったのですか」

左様、と戸山は頷いた。

「大名家に好き勝手に札を出されても、物の値は上がるし、さっき申したような世の乱れを招きかねん。そこで今までに何度か、札の発行を禁じる令が出されておるのだが、なかなか簡単には行かん。金は生き物だからな」

戸山は経済についても、だいぶよくわかっているようだ。

「そこで、大名家の札について特に調べ、行き過ぎがあるようなら改めさせるよう、目付役を送ったのだ」

「その中のお一人が、名倉様だったのですね。でも、御役を解かれたわけですね」

おゆうが聞くと、戸山は少し顔を顰めた。

「いささか、不面目なことがあってな」

それは、と続けて聞こうとすると、戸山の目付きが厳しくなった。

「これから申す事、他言するでないぞ」

おゆうは思わず身構えた。

「名倉は目付役であるにも拘わらず、賂《まいない》を得て不正を働いておったのだ」

「賂、でございますか」

伝三郎は、意外そうな素振りは見せなかった。

「別に珍しいことでもあるまい、という顔だな」

戸山に言われ、伝三郎は「いえ、そのような」と少し顔を赤らめた。

「確かに近頃は、よくある話ではある。しかし名倉は、賂で自らの御役目を売ってしまいおった」

戸山の表情が、苦々しいものになる。

「と、言われますと」

「彼奴は、西国のさる大名家が過剰に札を出すのを、賂を貰って見逃したのだ」

そういうことか。おゆうは納得した。取り締まる側が、自分が取り締まるべき対象そのものを賄賂で丸ごと見逃したとあっては、さすがに捨て置けまい。

「手心を加える、という程度のものではない。その大名家の勘定方と一緒になって、自らがやり方を指図する、という始末だ。その大名家は大坂の商人からの借財が嵩み、首が回らなくなっていたのでな。名倉に縋《すが》り、言われるがままだったようだ」

「大名家の方が名倉を引き込んだのではなく、名倉が相手の弱みに付け込んで持ちかけた、ということですか」

伝三郎も呆れ顔になった。確かに、これは酷い。DEAの麻薬取締官が、自ら進んで落ち目の麻薬カルテルの幹部に納まり、乗っ取ったようなものだ。

「その札は、大坂の蔵屋敷を経て大坂の商人にも多く流れた。こんなことを放っておけばどうなるか、先ほどの話でおゆうはだいたい見通せるのではないか」

戸山はおゆうの頭を、だいぶ評価してくれたようだ。

「はい。金銀に替えられない札が山のように積もり、潰れる商人も出るでしょうね。ご領内で収まらず、大坂まで混乱が及べば、天下の一大事です」

「その通りだ。だから御老中も、急ぎ名倉を呼び戻し、罷免したのだ」

「御老中は手遅れになる前に、よく気付かれましたな」

伝三郎が言った。戸山は僅かに躊躇ってから、話した。

「御庭番が勘付いたのだ」

ああ、とだけ伝三郎は口にし、それ以上は聞かなかった。御庭番は時代劇でお馴染みの通り、身分を偽装して大名家の領地に入り込み、諜報活動を行う将軍直属のエージェントだ。いつどこにでも潜んでいる、というわけでもないので、別件で派遣されていた者が名倉の行動を摑み、報告したのだろう。御庭番の活動は秘密事項だから伝三郎も遠慮したのだろうが、その絡みの情報まで得てくる戸山は大したものだ。

「しかし名倉は、結構荒稼ぎをしたのではありませんか。それが何年も経たぬうちに窮乏とは」

「それだけ金遣いが荒かった、ということだ」

　戸山が言うには、名倉は大坂で豪遊を続け、さらなる出世を目指して若年寄などに賄賂をばらまいていたようだ。無論のこと、名倉が罷免されてからは、賄賂を貰った連中は口をつぐんでいるだろう。

「では名倉は、窮状を脱し新たなお役に就けるよう、何か企んでいてもおかしくない、ということですな」

「いや、こんなことを仕出かしておいて、またお役に就けるとはさすがに思うまい。ひたすら金を得ることを狙っておるだけではないかな」

　戸山は軽蔑《けいべつ》するように言った。

「戸山様」

　ここでおゆうは膝を進めた。

「これまでのお話にあった大名家のお札ですが、私は見たことがございません。江戸にもあるものなのでしょうか」

「いや、それぞれの領内と、大坂ぐらいでしか扱っておらぬはず。江戸では使われておらぬ」

やっぱりそうか。

「どこかで、本物を見ることはできませんか」

そうだな、と戸山は少し考えてから言った。

「蔵前《くらまえ》の札差《ふださし》か、大坂にも店のある両替商なら、持っておるのではないかな」

「ありがとうございます。行ってみます」

おゆうの言葉に頷いてから、戸山は改まって二人を見据えた。

「確かに名倉は怪しい。もし彼奴が町方に害を及ぼすような何かを企んでおるなら、見過ごしにはできぬ」

おっしゃる通りです、と伝三郎とおゆうは背筋を伸ばす。

「とは言え、名倉は旗本だ。騒ぎにならぬようよくよく心得て、内々に調べを進めよ。良いな」

ははっ、と二人は畳に両手をついた。

奉行所を出ると、伝三郎は早速おゆうに言った。

「札を、捜しに行くんだな」

ええ、とおゆうはすぐに答える。

「まずは現物を見ませんとね」

そうだな、と伝三郎も笑みを見せる。やはり二人とも、同じことを考え始めたようだ。

「本銀町《ほんしろがねちょう》の両替屋、住吉屋《すみよしや》は大坂が本店だ。昼飯を食ったら、そこへ行ってみよう」

おゆうは、はい、と大きく頷き、伝三郎にぴったり寄り添って歩き出した。


「御大名家のお出しになったお札を、ご覧になりたいと」

住吉屋江戸支店の支配人番頭、吉郎兵衛《きちろべえ》は、意表を突くような注文にも、ほとんど動じなかった。さすがは大坂でも指折りの店の重役だ。

「はい、江戸で支払いに使うことはありませんが、何かの時の見本として、幾つか用意してございます。少々お待ちを」

吉郎兵衛は手代を呼び、札をあるだけ持って来るよう告げた。手代は驚いたように眉を上げたが、何も聞かず、十分ほどで盆に紙束を載せて戻って来た。吉郎兵衛は盆を受け取り、畳に置いておゆうたちに示した。

「こちらになります。三十種ほどございますが」

「結構多いんですね」

おゆうは吉郎兵衛が盆から札を取って、順に並べていくのを興味深く見つめた。

「はい。便利なものですので、近頃は数多くの御大名家がお出しになっています。二百家は下らないかと」

何とね、とおゆうは舌を巻く。全国の藩は三百ほどだから、その三分の二が藩札を発行しているのか。

「だいたい同じような大きさですね」

「はい。横が一寸から一寸半（三〜四・五センチ）、縦が五、六寸（十五〜十八センチ）というところです。決まっているわけではございませんが、やはり使い勝手でしょう」

「大きさは同じようでも、額面は違うんだな」

伝三郎が首を捻りながら聞く。

「左様です。こちらには銀一匁《もんめ》、こちらには十匁と表に書いてございますが、大きさは変わりません」

「銀がほとんどだが、これは大坂で使うからってことか」

「そうですね。やはり西国の御大名家のものが大半でございます。東国の御大名家のものもありますが、そちらは銀でなく金に替えるもので」

おゆうはいちいち、そうなんだと感心していた。今までこういうものを、詳しく見る機会はなかった。日銀発行のお札とは違って縦長なので、富くじみたいにも見える。だが表面の模様は、かなり細かくて複雑だった。

「しかし、模様は随分と手が込んでいるな」

伝三郎も同じところに目を付けたようだ。いかにもと吉郎兵衛が頷く。

「金銀に替わるものですから、偽物が現れては困ります。それで、真似《まね》のできないような込み入った図柄を工夫されております」

ほら、これなど、と吉郎兵衛は一枚を指した。

「阿蘭陀《オランダ》語の文字が入っております。意味は存じませんが」

指されたものをよく見ると、なるほど、アルファベットの筆記体が描かれていた。そこまでするんだ、とおゆうは驚く。

「触ってもいいですか」

聞いてみると、構いませんとの返事だった。おゆうは手を伸ばし、そっと一枚を手に取った。やや硬い手触りだ。浮世絵の版画に使う紙より、丈夫そうに思える。おゆうの表情を見て取ってか、吉郎兵衛が「何度も長く使うものですから、しっかりした紙を使っております」と注釈した。透かしの入ったものもございます、とも付け加えた。

「この複雑な模様ですが、この版を彫るには相当な技が要るのでしょうね」

おゆうが草の葉が重なり絡み合った模様を撫でながら聞くと、それはもう、と吉郎兵衛は請け合った。

「当代一流の腕の者が。それぞれの御大名家にそのような職人がいるわけではありませんので、大概、京や大坂で作られております」

「江戸では?」

「さあ、手前は聞いたことがございません」

技だけならできる者はいるでしょうが、使うのが西国や大坂ですから、やはりあちらの職人の仕事になりましょう、と吉郎兵衛は言った。

「これは全部、木彫りかい」

伝三郎が問うた。いいえ、と吉郎兵衛はすぐに答える。

「木版だけではございません。もっと細かい模様を作れるものもございまして……」

その説明を聞くと、おゆうと伝三郎は目を交わして頷き合った。

もう一度戸山様と話してから、源七たちを動員して名倉家を見張る手配りをする、と言う伝三郎と別れ、おゆうは家に戻った。すぐに押入れに潜り込み、東京への階段を上る。

リビングの時計を見ると、午後三時だった。宇田川は摑まるだろうか。すぐにLINEでリモートを要請する。すると即座に、「わかった」との返信が来た。よし、と二階へ駆け上がり、パソコンでリモートの画面を開いた。

「何だか急いでるようだな」

画面に現れた宇田川は、白衣を着ていた。ラボの方にいるようだ。

「あれ、出勤だった？」

ここしばらくはリモートで仕事していたはずなので、てっきり家にいると思ったが。

「いや、リモートでも良かったんだが、例の銅版を洗浄して改めて分析してたんだ」

「あ、そうか。何かわかった？」

ああ、と呟いて、宇田川はメモを出した。

「まず、成分だが」

うんうん、と優佳は身を乗り出す。

「銅だ」

乗り出したまま、コケそうになった。

「とっくにわかってるじゃん！」

「そうだが、念のため最初からきちんとやった」

宇田川は、しれっとしている。

「はいはい、その他は？」

「緑青を落として、薬品で洗浄した。こんな具合だ」

宇田川は銅板を摘《つま》み上げ、内蔵カメラの前に出した。

「えっ、これが……」

新品同様、とまでは言わないが、銅らしい色がはっきりわかり、あの銅板と同じ物とは見えなかった。だが、重要なのは……。

「あ」

思わず声を出し、画面の銅板を指差した。

「角が、はっきりと……」

「わかったか」

宇田川が得意げな声を出した。

「こいつは腐食で小さくなったんじゃない。少なくとも幅は、元からこれだけだったんだ」

一部の腐食と、縁が傷付いていたのと、何かがこびりついていたせいで、これまではよくわからなかった。これで、銅板が幅四センチの長方形だったことが明確になった。

「縦の長さは？」

「うん、これも腐食で折れたとかじゃない。八センチくらいのところで、人為的に切断されてる。証拠隠滅のため、破壊したって感じだな」

宇田川は銅板を傾け、切断面を見せた。半分くらいは腐食でわからなくなっているが、確かに、斧《おの》か鉈《なた》を叩きつけて割ったように押し潰されている。

「だから全体の長さはわからんが、表面に模様が彫ってあるのはわかった」

「模様って、どんなもの」

だんだん、自分が思っていた通りのことが浮き上がって来て、優佳は興奮を覚えた。

「はっきり判別できなかったが、あんたが版画のことをしきりに言ってたからな。この銅板、やっぱり銅版かもしれんと思って、印刷用のインクを使って、刷ってみた」

ええっ、と驚く優佳の前に、宇田川は一枚の紙を出した。それは白黒で、あちこちが滲《にじ》み、版に傷があるのか刷りが下手なのか、擦《す》れや欠けがたくさんあった。それでも、草や蔦《つた》の葉を絡ませた模様は、ほぼわかった。それに囲まれるようにして、動物らしき絵がある。髭を生やした竜のような顔が見えた。

「あ、これ、麒麟《きりん》かな」

ビールの商標になっている、伝説上の動物だ。足には馬に似た蹄があり、銅細工職人の安右衛門がこの銅版を見た時、馬の足のような絵柄がある、と言っていたのを思い出した。

だが重要なのは、その下にあるものだ。太い字体で表された文字は、間違いようがなかった。「銀」だ。

「決まりだ」

優佳は背中を椅子に預け、大きく両手を広げた。

「決まりって、何がだ」

画面の向こうから問いかける宇田川に、優佳は勝ち誇る如《ごと》くの笑みを浮かべて告げた。

「名倉のやったことよ。それを使ってね」

「あんたが昨日言ってたやつとは、違うんだな」

ええ、そうよと優佳は指を振った。

「あいつが作ったのは、版画の贋作なんかじゃない。大量のニセ札よ」

第四章　恨み晴らさでおくべきか

十一

「ニセ札？　これがか」

宇田川は銅板から刷った紙を、手に持ったまましげしげと見た。

「江戸に紙幣なんか、あったのか」

「正しくは紙幣じゃない。藩札ってやつよ」

優佳は少し時間をかけて、藩札について知っていることを説明してやった。宇田川は、理解したようだ。

「なるほど。メカニズムとしては、現代の紙幣とそう変わらんな」

「ええ。今だって、町興しのイベントで、その町の商店街だけで使える金券を出したりするでしょう。あれのでっかいやつだと思って」

かなり乱暴な例え方だが、そう言ったら捉えやすいだろう。

「で、どのくらい儲かる」

「まず枚数。藩札の標準サイズから考えると、横四センチ、縦十五センチくらい。土佐屋が納めた紙を全部使ったら、何と百二十万枚作れる。そして額面を銀十匁とするなら、一両が銀六十匁だから、全部で二十万両。現在価値にして、ざっと四、五百億円」

　何とね、と宇田川も目を丸くした。が、すぐに冷静に戻る。

「ちょっと待て。手作業で刷るんだよな。百二十万枚なんて、人力で刷れるのか。裁断だってしなきゃならないんだろ」

「確かに、ちょっと無理でしょうね。作業員が二百人くらいいるなら、別だけど」

　江戸で工場でも作るのかよ、と宇田川が馬鹿にしたように言った。

「全部刷り切った、なんて言わないよ。だいたい、二十万両分のニセ札が出回ったりしたら、経済が大混乱。現実的じゃない」

　試行錯誤だってするだろうし、刷り損ないもあるだろうから、現実的に作れるのは、その十分の一くらいじゃないかな、と優佳は言った。

「紙をかなり多めに注文したのは、長い期間にわたって作り続ける気だったのかもね」

　ふうん、と宇田川が唸る。

「しかし、版をこんなにしちまったんじゃ、もう作れないぞ」

　宇田川は半分に割られた銅版を摘んで、言った。

「わかってる。何か途中で、揉め事があったのかも」

　ああ、なるほど、と宇田川は銅版を振った。

「その結果が、余兵衛の骨ってわけか」

翌日の朝、また千太がおゆうを呼びに来た。竹次郎の下っ引きに事情を聞くから、立ち会ってくれという話だった。やれやれ、また四ツ谷まで歩きかとおゆうは少々げんなりする。頭に浮かぶ銀色に黄色いラインの総武線電車が、天界の馬車のように思えた。

半刻余り歩いて千太が案内した先は、四ツ谷塩町ではなく、麴町だった。竹次郎の隣を縄張りにする、万蔵の家だ。そこに源七と藤吉が待っていた。

「へえ、あんたがおゆうさんかい。源七からは聞いてるが、女だてらになかなかの腕っこきだそうだな」

万蔵はそんな挨拶を寄越した。源七と同じくらいの年回りに見えるが、顔は丸みを帯びて福々しい。しかしその目はかなり鋭く、油断なく光っている。侮ってはいけない相手のようだ。おゆうにかけた言葉にも、多少の嫌味が感じられた。

「こいつが竹次郎の下っ引きで、得助《とくすけ》って奴だ」

源七が、隅っこで小さくなっている二十三、四の男を顎で指した。おゆうはじろっと睨んでやったが、目を伏せてこちらを見ようともしなかった。

「竹次郎が殺《や》られた時のこたァ、何も知らねえとよ」

万蔵が、情けねえ野郎だとばかりに言った。申し訳ありません、と得助が低頭する。

「昼飯の前に会ったのが最後でして。その後、親分がどこへ行ったのかは……」

「てめえの親分が何をやってたのか、全然知らなかったってのかよ。それでよく子分が務まるな」

万蔵に叱責《しっせき》され、得助は首を竦めた。そこでおゆうは、二人の親分に「いいですか」と了解を求めてから、得助に聞いた。

「あんたの親分は、私を尾け回してたみたいだね。少なくとも四日前には、尾けてるのに気が付いたよ。どうしてか、知ってる？」

「い、いや、姐さんを尾けてるなんて、知りやせんでした」

得助は慌てたようにかぶりを振った。

「ただその、姐さんの悪口は言ってやしたが」

「どんな風に」

「へい……余計な所に首を突っ込みやがって、出しゃばり女め、みたいな」

ふうん、とおゆうは鼻で嗤《わら》う。

「私に嗅ぎ回られちゃ困るような、後ろ暗いことをやってたのね。だから私がどこまで探ってるか、気になって仕方なかったわけだ」

ふん、と万蔵が鼻を鳴らした。

「今さら、だな。もともとあいつは、金になるなら何でもやる奴だ」

そのようですね、とおゆうは相槌《あいづち》を打った。

「おい、竹次郎は金になる何かに、目を付けてたのか」

源七が鬼瓦のような顔で、詰め寄った。得助は怯《おび》えたように肩をすぼめる。

「へ、へい、そのようで。このひと月くらいは、儲け仕事を見つけたって上機嫌だったんで」

「儲け仕事、と奴ははっきり言ったんだな」

源七が念を押すと、得助はそうだと答えた。

「どんな仕事だったんだ。全部は言わなかったとしても、何か漏らしたろう。覚えてるなら、全部喋れ。覚えてなくてもだ」

そんな無茶な、とおゆうは苦笑しかけたが、どんな悪人も震え上がらせる源七の強《こわ》面《もて》に、得助はすっかり竦んでいた。

「えぇっ、いやその、何なのかはわかりやせんが、どっかの御旗本がずいぶんとあくどい金儲けを企んでいるとかで、尻尾を摑まえりゃ相当な分け前を取れる、なんて……」

「それだけ聞いてりゃ充分よ」

おゆうは名倉の名前を出してみた。だがそこまでは、得助も知らなかった。

「そうか。でもあんた、もっと知ってることがあるでしょう」

おゆうが迫ると、得助は青くなった。

「えっ、そんな。あっしは……」

「なら思い出させてあげる。御旗本に関わる大きな儲け仕事なら、その尻尾を摑むために周りをいろいろ調べたはずよ。それを竹次郎が、一人だけでやったってことはないでしょう。何かあんたにも手伝わせたはず。詳しい理由は教えずにね。それを言いなさい」

得助は、あっと驚いた顔になった。

「そ、そうだ。本郷竹町の職人について、周りを調べろって言われたことが。何を見つけようってんです、と聞いたんですが、とにかく何でも、そいつについてわかったことは全部知らせろって。そいつは何をやったんです、って聞いても、お前の知ったこっちゃねえって」

それで得助は、おとなしく本郷へ行ってこっそり探って来たという。

「何しろ、嗅ぎ回ってることを悟られるな、ってんで、人に聞くのにも往生しやした」

なるほど、だから大家の善吉郎も長屋のお稲も、得助が探りを入れているのに気付いていなかったのだ。知っていればおゆうが行った時、その話を出したはずだ。

「その職人だけど、銅細工職人の余兵衛だね」

おゆうは駄目押しに確認した。得助は、どうして知ってるんだという顔をしたが、その通りですと認めた。万蔵は、ほう、なかなかやるな、と思ったらしく、眉を上げておゆうを見た。そういうことか、と源七も呟く。これで江戸のみんなにも、余兵衛と名倉と満之助の繋がりが明確になった。

「で、他にはないの」

「へい……もう一人、職人を探し出して調べるよう言いつかってました。余兵衛の娘と一緒に逃げたんじゃねえか、って親分は考えてたようで」

おや、とおゆうは眉をひそめた。お照の男か。竹次郎はどうしてそっちにも、興味を持ったんだろう。

「で、探し出したの？」

「いいえ、手を付ける前に親分があんなことに」

あっしも一人で調べられることには、限りがありやすから、と言い訳のように得助は言った。なので、その職人の名も身元も、まだわかっていないという。

「おい、竹次郎はどういうわけで、その銅細工職人に目を付けたんだい」

万蔵が聞いた。自分が蚊帳の外になった気がして、面白くないようだ。

「ええ、どうやら名倉って御旗本が、余兵衛って職人を使って、何か悪巧みをしているようなんです。竹次郎親分は、それが何なのか勘付いて、強請ろうとしたんじゃないでしょうか」

「ふむ。その悪巧みってぇのは」

それは、と言いかけたが、戸山の他言無用との言いつけが頭に浮かんだ。どのみち、万蔵が納得できるようにニセ藩札の話をするのは、かなり骨が折れる。

「まだ詳しくわかっていません」

おゆうはそう答えるに止めた。万蔵は不満げな顔をしたが、そこを察したらしい源七が言葉を挟んだ。

「なあ万蔵、あんた名倉についちゃ、どのくらい知ってる」

「塩町の北側に屋敷のある、名倉彦右衛門のことか」

そうだと言うと、万蔵は記憶を探るように腕を組んだ。

「確か小普請組で、四百石だったたな。貧乏旗本の一人だ、ってことぐらいしか、知らねえぞ」

払いが悪いって、炭屋と魚屋がこぼしてたのを聞いた、と万蔵は言った。

「しかし無役の旗本だったら、今日び珍しいこっちゃあるめえ」

そこで、ああそうだと付け足した。

「奥方が、急に亡くなったらしい。まだひと月と経っちゃいねえはずだが」

言ってから気付いたらしく、万蔵の目が険しくなった。

「そいつも、悪巧みとやらに関わりがあるのかい」

「それを心配してるんですが、何せ旗本屋敷のことですからねえ」

おゆうが困ったように言うと、万蔵は目を怒らせた。

「ふん、だからって、その悪巧みで俺たち町方に厄介事が降りかかっちゃ、かなわねえぞ」

その通りです、とおゆうは力強く頷いた。やはり源七の言うように、竹次郎などとは違うしっかりした岡っ引きなのだ。

「いいか。何かわかったら、必ず俺に知らせろよ」

万蔵は源七とおゆうに、念を押した。もちろんだ、と源七が応じた。

「そいつはどうする」

源七は得助に顎をしゃくって、万蔵に聞いた。万蔵は得助を一睨みした。

「俺んとこで預かる。見た通り、到底竹次郎の後を継がせられるようなタマじゃねえからな。俺が性根を鍛え直してやるさ」

これを聞いた得助は、失業を免れたせいか、ほっとしたような表情を浮かべて、よろしくお願いしやす、と畳に這いつくばった。おゆうと源七はそれを見て、後は頼むと万蔵のところを辞した。

おゆうと源七たちは、一緒に神田川に沿って、馬喰町の方に戻った。源七と千太と藤吉は、おゆうを取り囲むようにしている。もうガードは必要ないと思うのだが、気遣いは有難かった。

「なあ、あの余兵衛の娘と逃げたらしいって職人だが」

源七が首を傾げながら言った。

「竹次郎が奴を捜そうとしたのは、余兵衛の居所を知ってると思ったからかな」

「かもしれませんけど」

おゆうも考えながら言う。

「それだけじゃないような気が。その職人も、名倉の企みに関わっていたんでは」

ふうむ、と源七は顎を掻いた。

「そもそも、名倉は銅細工職人を使って、何をしようってんだい」

それは、とおゆうは躊躇ったが、源七には知っておいてもらってもいいだろう。おゆうはニセ藩札の話を、ざっと説明した。

「何、大名家の札を勝手に、か」

こいつは思ったよりでかい話だな、と源七は目を見張った。藩札は江戸ではほぼ使われないので、源七も耳学問で、そういうものがある、ということしか知らなかったようだ。おゆうの話を聞いて、錬金術であるかのように思ったらしい。

「紙に刷ればいいだけなら、贋金造りよりよっぽど簡単で安上がりだ。うまいところに目を付けやがったな」

源七の言うほど簡単ではないだろうが、元手、という点に関しては、札の方が断然有利なのは間違いあるまい。

「じゃあ、お照って娘と逃げた職人も、銅細工の職人なんだな」

「いえ、それはどうかと」

おゆうは賛同しなかった。

「余兵衛さんのことを知るまでに、幾人かの銅細工職人に話を聞きました。数がもともと少ない上、姿を消しているのは余兵衛さんだけみたいなんです。その職人、お照さんと一緒なら、余兵衛さんより前に消えたわけですから、同業の間で噂になってるはずでしょう」

「ふうん。それもそうだな」

「それに、ニセ札の銅版は一枚あればいいわけでしょう。なら、必要な職人も一人でいいじゃないですか」

「うん、それも道理だな」

源七はまた首を傾げた。

「それじゃあ、何の職人だってんだ」

「さっきから考えたんですけどね……」

おゆうは自分で頭を整理しながら、言った。

「何せ札ですから、版を彫るのに相当な腕が要りますが、だったら刷るのだって、それなりの技が必要じゃありませんかね。滲んでもずれてもいけないし、刷り上がりはかなり綺麗でないと、疑われちゃいませんか」

あ、と源七は手を叩いた。

「そうか、刷りの職人か。そいつは考えられるな」

源七はさっと千太と藤吉の方を向いた。

「おいお前たち、今の話を聞いてたな？　おゆうさんは俺が送ってくから、お前たちは途中で本郷の方へ行って、余兵衛かお照と関わりのある刷り職人を見つけ出せ」

へい、承知しやした、と二人は声を合わせた。

「それにしても姐さん、頭の働きは、さすがですねえ」

藤吉が恐れ入ったように言った。

「持ち上げたって、何も出ないよ」

おゆうが言ってやると、二人の下っ引きは揃って「いやいや」と笑いながら手を振った。

御茶ノ水まで来て、行く手に学問所の塀が見えたところで、千太と藤吉は本郷へ向かうため、おゆうたちと別れて道を左に取った。襲われたのは、ちょうどこの辺りだ。自分が倒れ込んだ場所も、はっきりわかった。もう平気だ、と思っていたが、その場に来るとやはり背筋がひんやりした。

青ざめたりしたら、源七にまた気を遣わせてしまう。おゆうは殊更声を明るくして、自分の方から言った。

「ここで私をぶん殴った奴ですけど、手口から言って、竹次郎親分を殺したのと同じ奴でしょうね」

「ああ、それは間違いねえだろうと思う」

源七は懐手をして、頷いた。

「だからこの前俺が言ったように、名倉が雇った奴の仕業なんじゃねえか。竹次郎が名倉を強請ったなら、始末しようと考えるのが当然だろ」

「それはそうなんですけどね。竹次郎についちゃ、ちょっとやり方が杜撰《ずさん》な気も」

「杜撰ってえと？　死骸を放ったままだったことかい？」

「ええ。自分の屋敷のすぐ近所の溝に放り込むなんて、ねえ。離れた人気のないところにおびき出すとか、どっかに埋めちまうとか、考えなかったんですかねえ」

現に余兵衛は、殺されてから埋められていたのだ。名倉が竹次郎を始末したなら、同様にするのではと思うのだが。

「うーん、それもまあ……そうかな」

源七は、考えあぐねているようだ。

「侍なんだから自分で刀を振るって、てことは考えなかったのかな。おゆうさんを襲ったのは、侍じゃねえのは間違いないいんだな」

「ええ、それはないです」

「この企みに手ぇ貸してるやくざ者が、裏にいるのかもしれねえな」

それは何とも言えないな、とおゆうは思った。大量のニセ札を刷り、運搬するのには人手が要る。やくざ者を金で雇うことは、考えられた。だが、こんな江戸時代としては高度な経済犯罪を、その辺のやくざ者が理解できるだろうか。前金でも渡せば引き受けるだろうが、紙代に五両も使っては、さほどの金は残っているまい。そもそも名倉には、裏社会にコネはあるのか。

「今のところはまだ、五里霧中、ですかねえ」

仕方ねえな、と源七が嘆息したところで、川沿いに強い寒風が吹いてきて、おゆうは身を震わせた。今夜は雪がちらつくかもしれない。

十二

家に帰ると間もなく、奉行所の小者が伝三郎の伝言を届けに来た。今夜は用事が詰まってしまって、済まないが行けないという。いつもはこんな伝言など寄越さず、気が向いた時に来るのに、やっぱりまだ気を遣ってくれているのだ。

こちらは大丈夫なので、お忙しくともご無理なさらぬよう、と小者に返事を託して帰すと、予想通り小雪が舞い始めた。それを見て、おゆうは押入れに入った。だいぶ冷えそうだから、今晩は東京で過ごすことにしよう。それに、宇田川に頼むこともある。

リモートで画面に出た宇田川は、眉をひそめた。

「骨の見つかった場所の座標を、確認しろだって？」

「ええ。骨が埋まってる場所を、はっきりさせたいの。名倉の屋敷だったら仕方がないけど、自分ちに余兵衛の死体を埋めるとは、メンタル的に考え難いでしょ」

江戸の侍でも、そうなのかな、と宇田川は疑念を浮かべた。

「いずれにしても、場所が特定できても掘り出せないぞ。この令和まで死体は埋まったままだ、ってことは動かしようがない」

　そう、考えれば考えるほど、矛盾した話なんだよなあ、と優佳は頭を抱えた。死体があるとわかると同時に、絶対に掘り出せないこともわかっている。こんなの、普通はあり得ない。

「ただねえ。余兵衛が埋められた場所、印刷所だったかもしれない、と思うのよね」

　印刷所？　と宇田川は当惑顔になる。

「ニセ札は、名倉の屋敷で刷ってたんじゃないのか」

「大名屋敷みたいな広いところじゃないし、地下室があるわけでもない。屋敷の全員がグルでなきゃできない。余兵衛以外にも刷り職人が何人も出入りしてたら、ご近所にも変に思われる」

　現に、名倉の屋敷に怪しい出入りがあったとの目撃証言はないし、余兵衛を見たという住人すらいないのだ。うーん、と宇田川は唸ったが、一応納得はしたようだ。

「わかった。位置を特定した地図はある。グリッドで示したやつをＰＤＦで今送る」

　宇田川が画面から離れ、何かがさごそする音が聞こえた。地図を出して、スキャナーにかけているらしい。三分ほどで画面に戻ると「今送った」と告げた。

「同縮尺に調整した江戸の地図も一緒に送った。そっちでトレースしろ」

「了解、ありがとう」

優佳はリモートの画面を最小化してメールを開き、添付ファイルをプリントした。そして送られた東京と江戸の地図を重ね、ああ、と嘆息した。

「やっぱりね。そんなこったろうと思った」

一人で呟いてからリモートの画面を戻し、退屈そうに待っていた宇田川に言った。

「寺だわ、これ」

寺？　と宇田川が首を傾げる。

「骨が出たのは、少なくとも墓地の跡地じゃなかったぞ」

「わかってる。寺は町方の管轄外だから、犯罪の根城になるってことは、あんたも知ってるでしょ」

寺で賭場が開かれるのなどは珍しくもなく、優佳も江戸での仕事で、何度もそういう場に出会っている。しかもこの前、周辺を歩き回った結果では、ここは確か放置状態の荒れ寺であったはずだ。そういう荒れ寺は犯罪者にとって誠に好都合で、優佳も正直、またかという感想だった。

「まあ確かに、寺に死体を埋めるのは不自然じゃあないな」

今の宇田川の台詞は、寺と墓地はセットだというジョークだったんだろうか。

「しかし知っての通り、江戸の地図は現代ほど正確じゃない。多少調整してトレースしても、メートル単位の誤差が出るぞ」

「それは仕方ないよね。でも、寺の境内から出てしまうほどのズレはないと思う」

そこそこの広さはあるんだな、と宇田川は頷く。

「じゃあ、印刷所も設営できるわけか」

「たぶんね。明日、早速確かめに行ってみるよ」

確かめに、と聞いた宇田川の表情が、ぴくっと動いた。

「一人で行くなよ」

ああ、宇田川も心配し続けてくれているのか。

「大丈夫。源七親分の手を借りる」

ならいいが、と宇田川は承知したものの、リモート会議を退出する前、もう一度
「気を付けろ」と念を押すのを忘れなかった。


その寺は、通りから少し引っ込んだところにあった。荒れ寺であるとはわかるがあまり目立たず、十一日前に初めてこの周辺を歩いてみた時には、興味を引かれなかったのだ。

「安修寺《あんしゅうじ》、か。確かにこいつは、ボロ寺だな」

参道と言うより裏路地のようなところを五間ほど入って、どう見ても歪んでいる門を呆れたように見ながら源七が言った。門に掲げられた寺名の表札は、ひびが入って

字が色褪《いろあ》せ、消えかけている。

「だいぶ荒れてるが、主がいなくてほったらかし、てぇわけでもねえ。市ヶ谷にある応仙寺《おうせんじ》って寺の住職が、同じ宗派で兄弟弟子だか親戚だか何だかって縁で、継ぐ者が決まるまで預かり、って形にしてる」

一緒に来てくれた万蔵が、解説を加えた。住職はいないが、管理者は一応いるわけだ。

「でも、手入れしてるようには見えませんねえ。門の扉だって、ほら」

おゆうは扉を押してみた。閂《かんぬき》がかかっているでもなく、軋《きし》んだがちょっと力を入れると、五十センチほど開いた。これなら、勝手に出入りができる。

「預かりと言っても、金を掛けて修繕しようなんて気は、さらさらないようだな。ここを継ごうなんて酔狂な坊主は、出て来そうなのかい」

源七が問うと、万蔵は肩を竦めた。それが答えのようだ。

「で、ここが何だって？　名倉が勝手に使ってたんじゃねえかって言いたいのか」

源七は草がぼうぼうに生えた境内を、開いた扉の隙間から覗き込んで言った。

「ええ。名倉の屋敷の近くで、人知れず何かするのに使えそうな場所は、他にないでしょう」

「ふん、ここでその札……」

言いかけた源七は、万蔵がまだニセ藩札の件を知らないのを思い出したか、言葉を濁した。

「屋敷じゃできねえようなことを、ってのかい。何か悪さをするにゃあ格好かもしれねえが、調べに入るわけにいかねえぞ」

余程の証しがねえと、寺社方はうんと言わねえんじゃねえか、と万蔵は言った。

「そりゃまあ、そうでしょうけどね」

おゆうは周りを確かめてから、肩で扉を押して境内に入り込んだ。

「おいおい、何やってんだよ。こんなの見つかったら」

万蔵と源七が目を丸くする。おゆうは振り返って、ニヤッとした。

「誰か見てます？」

万蔵と源七は顔を見合わせ、ぷっと吹き出した。万蔵が源七の肩を叩く。

「この姐さん、気に入ったぜ」

源七も苦笑を返す。二人の岡っ引きはおゆうに続いて、安修寺の境内に足を踏み入れた。

境内の草は枯れていたが、草刈りなどした様子はない。名倉が印刷工場に使っていたとしたら、最低でも五、六人の出入はあったはずだ。だが一カ月以上も前となると、足跡などは残っているだろうか。

枯れ草を踏みしだいた跡などないかと、目を凝らしたが、それとわかるものは見えなかった。本堂の方へ進んでみる。

「おい、見ろよ」

本堂の軒先で源七が足を止め、地面を指差した。縁側のすぐ下に、幾つかの足跡がある。軒下で雨がかからなかったので、消えずに残ったのだろう。おゆうは早速傍に寄って目を近付けた。

「三人か四人分は、ありそうですね」

草鞋の跡を見分けて、言った。そのようだ、と源七も認めた。

「よし、ここまで来たら本堂も調べよう」

万蔵は草鞋も脱がず、埃だらけの縁側に上がった。雨戸が立てられていたので、それを引っ張る。雨戸は、簡単に開いた。

「明るくして、見てみようぜ」

源七が雨戸を全部開いた。それで本堂の奥まで光が入り、全部が見えるようになった。御本尊のあるべき場所は扉が閉められ、鍵がかかっている。その中にご本尊の仏像があるのか、ここを預かっているという応仙寺に移されているのかはわからないが、おゆうは一応、「お邪魔します」と拝んでおいた。

本堂の床には、文机《ふづくえ》のようなものが四つばかり、放置されていた。他に道具類は何もない。万蔵は何か残っているものがないかと奥に入り、源七とおゆうは膝をついて床を調べた。

「源七親分、見て下さい」

おゆうは床の黒い染みを指した。一瞬、血かと思ったが、そうではない。

「墨みたいですね、これ」

「ああ、あちこちにあるな」

源七が周りを見て、言った。ニセ札の印刷に使った墨が、零《こぼ》れたものだろう。しかし、寺の本堂に文机や墨、というのは、不自然とは言い難い。残念だが、これだけでは印刷工房の証拠にはならない。

「ちっ、何にもねえや」

奥から頭についた蜘蛛《くも》の巣を払いながら、万蔵が出て来た。奥も庫裡《くり》も、文字通りもぬけの殻だという。

「だが、使ってねえからと言って、ここまで空っぽなのは却っておかしいや。お前さんたちの言うように、何か良からぬことをここでやってて、それが終わったんで証しを残さねえよう綺麗にした、ってのが筋は通りそうだ」

万蔵はいかにも年季の入った岡っ引きらしく、そんな言い方をした。

「応仙寺の和尚は、このことを知ってると思うか」

源七が聞くと、万蔵は「さあな」と曖昧に言った。

「だが俺は、和尚は分け前を貰って見ねえふりをしてる、って方に賭けるな」

応仙寺は金が有り余ってる寺じゃねえし、和尚も一休《いっきゅう》禅師、ってわけじゃねえ、と万蔵は嗤った。

「もう一度、境内を見てみましょう」

おゆうたちは本堂を出て雨戸を閉め直し、庭に下りた。庭と言っても、放置された庭石が二、三あるだけで、植木は枯れている。一周したが、足跡はほとんど見つからなかった。

だが、気になる場所があった。雪隠《せっちん》の裏手に、草があまり生えていない箇所が三つほど、あったのだ。おゆうはそこを指した。

「あれ、掘って何か埋めた跡のように見えませんか」

源七と万蔵はそれを見て、うーんと唸った。

「確かに、草の生え方がおかしいな。だが何か埋めたとしても、ひと月は経ってるだろ。間違いなく埋めた跡だ、とまで言い切れねえなァ」

源七は首を捻りながら、「ニセの札を刷った道具も、あそこに埋めちまったんだろうな」と残念そうにおゆうに囁《ささや》いた。

「ホトケでも埋まってるってぇのかい」

ちょっと心配になったらしく、万蔵が聞いた。

「いえ、わかりません。掘ってみない限り」

おゆうとしては、そう言うしかなかった。さすがに鍬《くわ》を持ち込んで掘り返すのはまずい。死骸が見つかっても、寺社方から管轄権の侵害を追及されることになる。

そうか、と万蔵は腕組みした。

「確かにここは怪しい。だが、寺社方に持ち込めるほどの何かは、見つからねえな」

源七も、口惜しそうにしながら、そうだなと認めた。これ以上ここで見つかるものはなさそうだ。三人は引き上げざるを得なかった。

おゆうは最後に、余兵衛が埋められているに違いない場所を振り返り、心の中で手を合わせた。二百年待たせてしまうが、申し訳ありません、と。


麹町の、万蔵の贔屓にしている飯屋で昼食を摂り（万蔵の顔で一皿サービスしてもらった）、万蔵と別れて馬喰町に戻った。一服しようと「さかゑ」に入る。すると、千太と藤吉が待ち構えていた。

「あ、親分に姐さん。ご一緒でしたかい。丁度いいや」

二人とも顔を輝かせているのを見て、源七が笑みを浮かべた。

「その様子じゃ、何か掴めたようだな」

へい、と二人が力強く頷く。

「見つかりやしたよ、親分の言ってた刷り職人。神田明神下《みょうじんした》、同朋町《どうぼうちょう》の長屋に住んでる、譲吉《じょうきち》ってえ奴です」

千太の報告に、源七は「よし」と膝を叩いた。

「年は二十五で、見てくれはちょっと悪っぽくしてるが、いい男だそうです。日本橋の版元で仕事してたんですが、去年の半ば、金の貸し借りで喧嘩になって、辞めちまったそうで」

「じゃあ今はフリー……いや、ゴホン、あぶれてるのね」

おゆうは口を滑らせかけて、ちょっと咳《せ》き込んだ。

「ええ。ですが、三月半くらい前からひと月くらい、どっかに出てたとか。仕事だったようですが、何の仕事かは誰も聞いてない、と」

三月半ほど前というと、土佐屋が紙を名倉に納品した頃だ。よし、符合したぞとおゆうは顔を綻ばせた。譲吉の年恰好も見てくれも、本郷竹町の桶屋の婆さんが見た男と、一致しているようだ。

「それにですね」

藤吉も得意顔で口を出す。

「同朋町で聞き込んでみたら、その譲吉、余兵衛の娘のお照とデキてたみたいなんで」

「本当か。でかした」

源七は藤吉の肩を、ばしっと叩いた。藤吉が笑顔のまま、痛いと顔を顰める。そこで千太が言った。

「奴はお照を、ひと月半くらい前に、引っ張り込んだそうなんですよ」

「お照に間違いないのね」

「奴がお照って呼ぶのを、何人もが聞いてます。界隈の連中に言わせると、年は若いがちょいと伝法な感じがして、評判はもう一つ良くねえようで」

ところがです、と藤吉が代わって続ける。

「長屋に行ってみたら、奴はいなかったんですよ。そこの連中に聞いたところ、四日ほど前から、二人とも姿を消しちまってるんで」

「四日前からいなくなった?」

おゆうは眉をひそめた。

「それまでは、二人とも間違いなく一緒にいたのね」

「へい。二人して消えちまったのは、お照の身持ちが悪いせいで、他の男と揉め事にでもなったからじゃねえか、なんて勝手に噂されてやす」

やはり、お照は余兵衛の家を出て、そのまま譲吉と暮らしていたようだ。しかし四日前に何故、どこへ出奔したのか。

なあんだ、と源七が落胆の色を見せた。

「今の居場所がわからねえんじゃ、何も聞けねえだろうが」

すいやせん、と二人の下っ引きは頭を掻いた。

「褒美をやろうと思ったが、そいつは譲吉の居場所を見つけてからだ。お前たち、もう昼飯は食ったな？　そんなら、ここでとぐろ巻いてねえで、さっさと奴を捜し出して来い」

源七が手で追い立てるような仕草をすると、千太と藤吉は慌てて飛び出した。

「あらあら、人使いが荒いですねぇ」

おゆうが笑うと、横でこの様子を見ていたお栄が「そうなのよ」と嘆いた。

「もっと度々褒めてやりな、って言ってんだけどねえ」

「てやんでえ。そうそう甘い顔をしてたら、すぐ調子に乗りやがる。あいつら、ちゃんと仕事はできるのに、どうも詰めが甘いんだよ」

苦笑するように言ってから、源七は真顔になった。

「さて、後は譲吉と余兵衛の繋がりだな。余兵衛が譲吉を名倉の仕事に引き込んだのか、その反対か」

「ええ。お照さんがどう関わっているのかも、ね。それと、譲吉が他にも刷り職人を引っ張り込んでいないか、ですね」

よし、と源七が手を叩いた。

「俺たちも、明神下に行ってみるか」

ええ、と頷いて、おゆうは立ち上がった。


明神下の同朋町は、神田明神のすぐ東側で、本郷竹町からは六町余りしか離れていない。目と鼻の先、と言ってもいいだろう。

「こんな近くにいたってのに、余兵衛は娘を連れ戻しに押しかける、ってことはしなかったのかねえ」

源七が意外そうに言った。

「余兵衛は譲吉の住まいを知らなかったのかな」

「それはないでしょう。お照とお互いに愛想をつかしていて、勝手にしやがれ、って意地張ってたんじゃないでしょうか」

「ああ、そういう親父はいるわな」

源七も思い当たるところがあるようだ。

「母親がいねえと、一度こじれたら宥める奴がいない、ってことになるんだよなァ」

そこで源七は顔に憂いを浮かべた。

「なあおい、あんたの読みじゃあ余兵衛は、あの安修寺に埋められちまってるんだろ」

やっぱり源七には気付かれていたか。

「ええ、まあ」

「てことは、譲吉とお照も始末されちまったんじゃねえか」

それはおゆうも考えた。しかし、そうではあるまい。

「四日前まで、二人は姿を見られてるんですよ。今頃になって始末というのは」

「譲吉が怖気《おじけ》づいて、妙な動きでもしたとか……」

「思い出して下さい。四日前に何があったか」

源七は眉間に皺を寄せた。が、すぐにあっと呻いた。

「竹次郎が殺られた日だ」

「そうです。竹次郎は手下の得助に、余兵衛と関わりのある職人を捜させてた。自分でも動いて、譲吉に行き着いたんじゃないですかね。竹次郎のことですから、名倉のニセ札について譲吉に喋らせようと、脅したんじゃないでしょうか」

「そうか。それで譲吉は竹次郎の口を塞いだ。だが岡っ引きを殺したら、只事じゃ済まねえ。大急ぎで逃げた、ってわけか」

充分ありそうだ、と源七は言った。

「竹次郎はどうやって、名倉のやってることを嗅ぎつけたのかな」

「安修寺でしょうね、たぶん」

それしかあるまい、とおゆうは考えていた。

「直に入り込めない寺とはいえ、自分の縄張りで怪しげなことが起きていたら、気が付くでしょう。竹次郎は安修寺に職人らしいのが出入りしているのを知って、何事だろうと調べ回ったんじゃないですか」

「うん。奴は儲け仕事には、人一倍鼻が利く奴だったらしいからな」

その鼻を真っ当な方向に向けようとしなかったのが、残念なところだ。

「あいつなら、安修寺に忍び込んで何をやってるのか確かめるくらい、やったかもな」

私たちみたいに、とおゆうは源七と目を合わせ、互いに苦笑した。


同朋町は大して広くない。数日前に竹次郎を見た者はいないか、に絞って聞き込んだところ、半刻も経たずに証言が得られた。

「ああ、そうそう。この辺じゃ見かけない親分さんだったね。譲吉について聞かれたよ」

そう話したのは、笊《ざる》や籠などを扱う竹細工屋のおかみさんだった。

「若い娘を連れ込んでる職人、ってことでね。その娘の親にでも頼まれてるのかと思ったけど、どうも居丈高で、感じの悪い親分でね。適当にあしらっといたよ」

おかみさんはおゆうに、あんたみたいな親分さんなら、丁寧に全部話したんだけどね、と笑った。

「そう言えば昨日も若いのが二人、譲吉さんを捜しに来てたよ」

「ああ、それは俺んとこの連中だ」

源七が言うと、おかみさんは「そうかい」と頷き、「で、譲吉さんは何をやったんだい」と聞いた。今は殺しとまでは話せないので、ちょっと揉め事で、と曖昧に言っておく。おかみさんは、お照絡みだと勝手に思ったようで、「ありゃあ確かに、厄介事を呼びそうな娘だよねえ」などと訳知り顔で言った。

「譲吉さんたちがどこへ行ったか、心当たりはありませんか」

一応、聞いてみる。するとおかみさんは、あっさり「本所の方かもしれないねえ」と答えた。

「えっ、本所のどこだい」

源七が身を乗り出す。おかみさんは、詳しくは知らないと言った。

「前にも揉め事を起こして、本所の知り合いを頼った、って聞いたことあるんだよ。譲吉さんの長屋の連中の誰かなら、その辺は知ってるんじゃないの？」

それなら、今頃は千太と藤吉も聞き込んでいるだろうから、任せておけばいいだろう。おゆうは源七と頷き合い、同朋町を後にした。

源七と一緒に馬喰町に戻り、番屋に入って待つと、ほどなく伝三郎がやって来た。おゆうたちが顔を揃えているのを見て、笑みを浮かべる。

「摑めたことがあるようだな」

はい、とおゆうは今日の成果を詳しく話した。安修寺に入り込んだことについては、ちょっと躊躇ったが、伝三郎ならいいか、と思って、包み隠さず報告した。源七は落ち着かない様子だったが、話を止めはしなかった。

「やれやれ、寺社方の領分に押し入っちまったか」

伝三郎は渋面になった。

「で、誰にも見られてないだろうな」

「それは大丈夫です」

おゆうが請け合うと、伝三郎は、しょうがねえなという苦笑で済ませてくれた。

「証しは全部、埋めて隠しちまった、ってことか。札の版とか、紙の使い残りとか」

それに死骸も、とおゆうは心の中で付け足す。

「それなら、ニセの札はもう必要なだけ、刷り上がったわけだな」

「ええ。道具を始末したってことは、手仕舞いにしたんでしょう」

一枚でもニセ札だと看破されれば、発行方が見直され、二度と同じ手口は使えないだろう。一発勝負の大仕事だ。

「しかし刷り終えたニセの札は、どこにあるんだ。安修寺にないなら、名倉の屋敷か」

だと思いやすがねえ、と源七が言った。

「でもそうなると、俺たちには手出しできやせんぜ」

うーん、と伝三郎が腕組みして考え込む。

「大名家のこういう札ってのは、普通江戸じゃ使われねえ。その大名家の領内か、蔵屋敷のある大坂だ」

札の取引には、大坂の商人が関わってるからな、と伝三郎は言う。

「俺もちょっと調べたんだが、札を作るのも、大概大坂でだ。それぞれの大名家に腕のいい職人がいるわけじゃねえ。銅版みてえな難しいものとなりゃ、尚更だ」

「なるほど。使うのは上方だから、作るのも大坂、ってのは道理だ。江戸じゃあ、作ってねえんですね」

源七が得心したように言う。

「そうだ。だから大坂じゃ、贋物を作られねえよう御上の目が光ってる。だが江戸じゃあ、そんなこと考えてもいねえ。こっちで贋物を作る、ってのは理に適《かな》ってる」

「なるほど、うまく考えやがったな」

源七は口惜しそうな顔をした。銅版に使う板は、大坂で調達したのかもしれないな、とおゆうは思った。江戸で銅板を買えば、需要が少ないだけに目立つ。

「さて、つまりだ。刷った札は大坂に運ばねえと使えねえ」

伝三郎の言葉に、源七もおゆうも頷いた。

「もう運び出したんでしょうか」

少し心配になって聞いた。余兵衛が消えてひと月半経つ。譲吉は三カ月半前から一カ月、仕事で家を空けていた。ということは、二カ月半から一カ月半前までの間に、ニセ札の製造は完了していたはずだ。既に運び出した、とは充分に考えられる。

「わからん。ほとぼりが冷めるまで、間を置いているかもしれん」

それもあり得るな、とおゆうは思った。

「もしかして……名倉様の奥方は、この企みに気付き、止めようとして殺されたのでは」

おゆうが考えを口にすると、伝三郎も源七も、その疑いはあると認めた。

「じゃあ満之助も、紙を納めたことで企みに気付き、消されたんですかね」

源七が言った。伝三郎は、そうだなと言いかけたが、待てよ、と呟いた。

「初めに戻るが、満之助も奥方も片付けるなら、やはり不義密通で成敗、あるいは無理心中ってのを装った方がいい。そうすりゃ、誰もニセ札のことなんか思い付きもしねえ。御家の恥にはなるが、もともと御役御免で小普請組に入れられた奴だ。恥を一つ重ねたところで、どうってことはあるまい」

何しろ何千両、もしかすりゃ万両って稼ぎが控えてるんだからな、と伝三郎は言った。

「てことは旦那、満之助が消えちまって死骸も出ねえ、ってのは……」

源七が難しい顔になり、伝三郎も顔を歪めた。

「あまり考えたくはねえが……満之助も企みに一枚嚙んでる、ってこともないとは言えねえな」

そのひと言で、おゆうの顔も強張った。土佐屋の経営状態は良くない。跡継ぎの満之助が店を立て直す資金を得るため、企みに手を貸していた可能性は、確かにあるのだ。余兵衛が始末されたのなら、自分も危ないと雲隠れしたのかもしれない。おゆうとしては、そうでないことを祈るばかりだった。

十三

翌日の昼過ぎである。ちょうどおゆうが馬喰町の番屋で源七と話をしているところへ、藤吉が駈け込んで来た。結構な距離を走ったらしく、荒い息を吐いている。

「みっ、見つけやしたぜ」

息を整えてから、藤吉は思い切り明るい顔で言った。

「何、譲吉を見つけたってぇのか」

源七も勢い込む。そうです、と藤吉は言い切った。

「本所緑町《みどりちょう》です。二丁目の勘吉《かんきち》長屋ってえ裏店に」

勘吉長屋の大家は、昔、譲吉の父親に助けてもらったことがあり、その縁で事情は聴かずに譲吉を住まわせてやっているらしい。

「お照さんも一緒なの」

おゆうが確かめると、藤吉は間違いないと答えた。

「千太はどうした。奴を見張ってるのか」

「へい、実は緑町の猪助《いすけ》親分のところに。聞き込みの途中で出くわしまして、俺の縄張りで何やってるのかって聞かれて」

事情を話すと、どうして先に俺のところに言いに来ないのかと叱《しか》られたという。だが、譲吉のことは猪助の耳にも入っていて、胡散臭い奴だと気にはしていたようだ。そこで猪助は自分の手下を譲吉の見張りにやり、源七を呼んで来いと藤吉に命じたのだった。

「緑町の猪助か。何かと小うるさい奴だが、仕事はまあ確かだ。よし、おゆうさん、行こうじゃねえか」

二人は立ち上がり、藤吉の案内で猪助のもとへ向かった。

緑町の猪助は、源七より少し年上のようで、細面のキツネ顔だ。ちょっと嫌味なタイプに見えたが、頭は良さそうだった。後ろで千太が、おとなしく控えている。

「ほう、東馬喰町のおゆうかい。たまに見かけるが、こうして面と向かうと、なるほど別嬪だな」

猪助はおゆうを見るなり、そんなことを言った。目付きがセクハラおやじそのものだったので、おゆうは不快感を覚える。

「だいたいの事情は聞いたが、要するに譲吉ってのは、何をやったんだい」

猪助が尋ねた。おゆうと源七は、ちょっと困った。ニセ札云々については、まだ許可なしには話せない。

「四ツ谷の竹次郎が殺られたのは、耳に入ってるだろ。連れてる娘、お照ってんだが、その親父が行方知れずでな。どうも竹次郎のことと関わりがありそうなんだ」

源七がもっともらしく組み立てた話をすると、猪助はそれで得心したようだ。

「娘のことで揉めて、譲吉がその親父を殺ったかもしれねえって話だな。で、それを嗅ぎつけた竹次郎も殺っちまったと」

まあそんなところだ、と源七が答えると、猪助はわかったと長火鉢を叩いた。

「俺のところの若いのを二人、見張りに出してる。しょっぴくかい」

「ああ。お照って娘も一緒にな。またどっかに消えられちゃまずい」

承知だ、と猪助は神棚の十手を取って帯に差した。


勘吉長屋へは、ほんの二町ほどだった。木戸の前に着くと、二十五、六ぐらいの下っ引きが二人、長屋の様子を窺っていた。

「おう、どんな具合だ」

猪助が声を掛けると、下っ引きの一人が長屋の奥を指し、「いますぜ」と告げた。

「女もか」

「へい。それがどうも、昼間っから二人で酒飲んで、いいことしてやがるようで」

やれやれ、逃亡中だというのに。見ると、長屋のおかみさんが三人ばかり寄って、こちらと譲吉の住まいの方を交互に見ながら、眉をひそめている。その様子からすると、譲吉とお照は長屋で総スカンを食っているみたいだ。

猪助は二人の手下に、裏へ回れと命じた。二人がさっと駆け出すと、猪助はおゆうと源七に目配せして、譲吉のところへ向かった。

そっと障子に近付き、耳をそばだてる。中から、声が漏れてきた。放送コードに引っ掛かりそうな言葉が続き、おゆうは顔を赤らめた。隣近所は仕事に出払っているからと、好き放題しているのだろう。源七も呆れ顔だ。猪助は薄笑いを浮かべ、障子に手を掛けると、一気に引き開けた。

「おい譲吉！　動くんじゃねえ」

猪助が十手を突き出す。お照の悲鳴が響き、おゆうも飛び込んだ。半裸でくっついている二人が見え、目を瞬く。

「うわっ、畜生ッ」

叫び声を上げた譲吉が、お照を撥《は》ね飛ばすようにして、裏手の障子めがけて足を踏み出した。だが障子は譲吉の手が届く前に開き、猪助の手下が行く手を塞いだ。進退窮まった譲吉は、その場に尻もちをついた。どのみち褌一つの格好では、この寒空で遠くには行けまい。お照の方は、襦袢の前を押さえながら、枕を投げつけた。枕はおゆうの顔の脇を通過して、表に飛んで行った。

「おとなしくしな！　もうどこにも行けないよ」

片足を畳に踏み込んで、十手を突きつけながらおゆうが言った。

「ほら、さっさと着物を直しなさい」

お照は悪態をついて、襦袢の帯をどうにか締めた。おゆうは部屋に上がると、座り込んでいる譲吉の肩を十手で叩いた。

「足を見せてみな」

譲吉は「はあ？」とおゆうを見返したが、逆らいはせずに足を伸ばした。おゆうは左の踝を確かめた。そして僅かに残るスタンガンの痕を見つけると、満足の笑みを浮かべた。

何とか着物を整えた二人は、おゆうたち六人に囲まれて番屋に連行された。これを見送る長屋のおかみさんたちの顔には、やっぱりねえ、という安堵したような表情が見て取れた。

番屋に着くと、お照を引き離して、奥に座らせた。猪助の手下に見張らせているので、逃げることはできない。その上で譲吉に縄を掛けて土間に座らせると、まず源七が尋問を始めた。

「やい譲吉。てめえ、四ツ谷の竹次郎を殺したな」

決め打ちするように言うと、譲吉はぶんぶんと首を左右に振った。

「とんでもねえ。どうして俺が、竹次郎親分を殺さなくちゃならねえんだ」

「安修寺でお前がやってたことを、知られちまったからだろう」

「安修寺？」

譲吉は怪訝な顔で源七を見返した。おゆうは、おや、と訝しんだ。譲吉の反応は、安修寺を本当に知らないかのようだ。

「とぼけんな。お前、あそこで妙なものを刷ってただろう」

そこで初めて、譲吉の顔にぎくっとしたような色が浮かんだ。

「そんなことやってねえ、とは言わせねえぞ。ネタは上がってるんだ」

源七が凄むと、譲吉は仕方なさそうに、「刷りの仕事はやったが」とぼそりと言った。

「けど、ただの仕事だ。悪いことだってぇのか」

「当り前だ。何を刷ってたのか、知らなかったとでも言う気か」

「知らねえよ。漢字みてえなのは書いてあったが、俺ァ平仮名しか読めねえ」

何だと、と源七は赤鬼のようになって怒鳴った。

「ふざけるな。数字くらい読めるだろうが」

「あ、ああ、確かに十ってのはわかった。けど、それが何なのかは」

銀十匁の、十か。それだけでもニセ札を刷っていたと言えなくはないが、譲吉がそれを認識していたかとなると、証明は難しいかもしれない。

「奴は何を刷ってたんだ」

猪助がおゆうに尋ねてきた。源七の言うのを聞いて、疑問を持ったようだ。

「どうも、何かの贋作らしいんですよ」

おゆうはそれだけ答えた。猪助は「ふうん」と、わかったようなわからないような顔をした。

「お前が自分で何を刷ってたのか知ろうが知るまいが、どうでもいい。だが竹次郎は知ってた。だからお前を脅した。お前からいろいろ聞き出して、お前に仕事をさせた奴を強請ろうとしたんだ。そうだろ？」

「いや、そうだろって言われても、俺にはわからねえ」

「いい加減にしろ！　お前は下手なことを喋ったら自分が危ないと思って、竹次郎を始末したんだろ。違うとは言わせねえぞ」

「そんな。俺がやったってぇ証しは、あるんですかい」

源七は、ぐっと言葉に詰まった。確かに、譲吉の犯行を示す直接の証拠は、何もない。

「ちょっといいですか」

おゆうは源七に代わって、譲吉の前に膝をついた。

「あんた、竹次郎殺しについてとぼけるんなら、まあいいわ。でもねえ、六日前の夜、学問所の裏手の神田川沿いで、この私を襲ったでしょ。それは認めるね？」

「えっ、何のことだい」

譲吉はまたとぼけた。おゆうは薄笑いを浮かべる。

「あんたの左の踝に、小っちゃな傷が残ってる。私が付けた傷よ。知らないとは言わせない」

譲吉の眉が動いた。顔が引きつり始めている。

「し、知らねえ。傷があったって、そりゃあ歩いてて何かに引っ掛けたんだ」

へえ、とおゆうは目を眇める。

「あんた、お照ちゃんをどうする気よ」

いきなり話が変わったので、譲吉が動揺した。

「お、お照が何だってんだよ」

「刷り仕事であぶく銭くらい手にしたかもしれないけど、これから真っ当な仕事につこうって気もないんだろ。そんなんでお照ちゃんを養おうなんて、考えてもないよね。しばらくいい思いして、飽きたら売り飛ばす気だね。だから余兵衛さんのとこから、うまいこと言って連れ出したんだ。そうだろ？」

おゆうが十手の先で腿を突くと、譲吉は目を逸らした。それで図星だったのがわかった。やっぱり、こいつはクズだ。

おゆうはいきなり十手を持ち上げ、譲吉の顎に当ててぐっと力を込めた。

「もう一度聞く。私を殴ったのは、あんただろ」

譲吉は、「いや、知らねえ」となおも言い張った。女だと思って舐めてるな、とおゆうは譲吉を睨んだ。

「とぼけても無駄だ。証しは足の傷で充分だよ」

おゆうは自分でも、声が一オクターブ低くなるのがわかった。ちらりと源七たちの方を窺う。少し離れているし、譲吉の背中が邪魔で、こちらの手元は見えていない。そして、耳元で囁く。おゆうは譲吉の顎を十手で持ち上げ、もう一方の手でそっとスタンガンを出した。そ

「喋るなら今のうちよ」

譲吉は何も言わない。おゆうは十手を置くと、スタンガンを譲吉の太腿に当てて放電した。

「ひっ」

譲吉がのけ反った。譲吉の縄を掴んで動けないようにし、そのまま五秒間、放電を続ける。譲吉が痙攣《けいれん》し始めた。そこでスイッチを一旦切る。

「さあ、どうかな。喋りたくならない？」

譲吉は唇を震わせ、どうにか言った。

「ほ、本当に知らねえって。あんたを殴るなんて、そんな……」

ああ、そうですかとおゆうはスタンガンのスイッチを再び入れた。譲吉の全身が強張り、顔から脂汗が出た。電気の知識のない江戸の人間には、この衝撃はかなりの恐怖を呼ぶはずだ。こんなやり方は気持ちのいいものではない。正直、吐き気がしそうだ。しかし今は、自分を襲っておきながら平然と白を切るこの男への怒りの方が、上

回っていた。

おゆうはまた五秒後にスイッチを切り、囁いた。

「さあ、もう吐いてしまいなさいな」

そろそろ源七と猪助が、訝しげな顔をし始めている。もうあまり時間はかけられない。

おゆうはスタンガンをさらに強く押し付け、スイッチに手を振れた。そこで譲吉が悲鳴を上げた。

「わ、わかった、やめてくれえ！　お、俺だ。俺がやった」

「そうかい。竹次郎も殺ったんだね」

「そ、それは」

「往生際が悪いよ！　これ以上手ぇかけさせるんじゃない！」

ひいっ、と譲吉が縮み上がり、「そうだ、それも俺がやった！」と叫んだ。よし、とおゆうはスタンガンを懐に収め、十手を引いた。譲吉の体から力が抜け、土間に倒れる。

猪助が、「おい、おゆうってこんな奴なのか」と小声で源七に言うのが聞こえた。

「いや、俺も初めて見た」と返す源七の声も。おゆうは顔を上げて、にっこり笑った。

「はい、どうやら吐いてくれましたよ」

源七と猪助が、呆然《ぼうぜん》とした様子で「あ、ああ」と頷いた。隅っこで青くなった千太が、「姐さん、怖《こ》えぇ」と呟くのがちらっと見えた。

半刻ほど待つと、千太に呼ばれた伝三郎がやって来た。猪助や源七と一緒に迎え、譲吉がおゆうを襲ったことと竹次郎を殺したことを吐いたと、報告する。

「そうか、吐かせたか。ご苦労だった」

伝三郎が満足そうに言ったので、おゆうは「恐れ入ります」と微笑んだ。源七も猪助も、おゆう、おゆうがどうやって吐かせたかを、伝三郎に言わないだけの分別はあった。

「おゆう、お前を襲ったのは、譲吉が自分のことを嗅ぎつけられると思ったからか」

「ええ。私、余兵衛さんの周辺を聞き回るうち、譲吉が住んでたすぐ隣の町まで行っちゃったんですよ。それに譲吉が気付き、余兵衛さんから手繰られて自分のことが勘付かれたと思って、私の口を塞ごうとしたんですね」

なるほどな、と伝三郎は頷いてから、改めて「本当に危なかったな。あの程度で済んで良かった」と小声で言った。はい、と応じたが、さっきの尋問で少しは溜飲《りゅういん》が下がった。

「よし、後は任せろ」

伝三郎は譲吉の前にどっかと座り、まず自分が何を刷ったと承知しているのか、という点から質した。だが、これにはやはり、明解な答えは返らなかった。しかし、あの仕事をする羽目になった経緯は、つぶさに語った。

　譲吉を引き込んだのは、余兵衛だった。雇い主に、刷り職人を集めるよう言われたらしい。銅版細工ができる職人なら、刷りの職人にも伝手《つて》があると思われたからだろう。余兵衛には、格好の相手がいた。それがお照の男の、譲吉だ。余兵衛は、人に見られないよう同朋町に来て、お照のことには目をつぶってやるし、いい金になると誘った。譲吉は断れず、金に困っていそうな刷り職人三人に声を掛け、余兵衛に会わせた。紙の調達について相談された時は、下絵に使う紙を二、三度買ったことのある土佐屋を推薦した。そこなら紙問屋の集まる日本橋から離れていて目立たないので、丁度良かろうとも言った、とのことだ。

　だが、そこからが異常だった。譲吉たちは牛込にある一軒の家に集合させられた。どうも、空家だったらしい。そこで人足風の男が数人出て来て、目隠しをされた。それから荷車か何かに乗せられ、どこかへ運ばれた。時間にして半刻くらいだと思うが、確信はない。

「それで、寺の本堂みたいなところで目隠しを外したんです」

　だがどこの寺なのか、まったくわからない。ひと月近くそこに閉じ込められ、刷りの仕事をした。草ぼうぼうの庭にまでは出られたが、人足風の奴が見張りに立ち、塀に近寄ることもできなかったという。

「どのくらい、刷ったんだ」

「へい。ものは小さかったんですが、丁寧な仕事を求められたんで、どう頑張っても一日に四百枚が一杯で。それを四人ですから、ええっと……」

「一日千六百枚だな。それをひと月、三十日で四万八千枚か」

伝三郎は素早く計算した。銀十匁の藩札なら、八千両分だ。二十万両分の紙を用意していたのに、実際に作るとその辺が限界だったのだろう。

「その仕事で、幾らもらった」

「へい、一人十両で」

ひと月の稼ぎとしては、破格だ。四人で四十両。紙代や余兵衛の報酬、安修寺を管理する応仙寺の住職の買収費などを入れると、名倉は五、六十両ほども用意していたわけだ。賄賂の残りを隠していたか、どこかから借りたか。ニセ藩札となれば、大坂の商人などに共犯者がいて、出資していたのかもしれない。

「仕切りは、余兵衛がやったのか。雇い主は顔を見せなかったのか」

「そうなんで。さすがに余兵衛の後ろに大物がいるってのはわかったが、最後の最後まで、出て来やせんでした」

仕事を終えてから固く口止めされ、同朋町に帰ったのだが、しばらく放ったらかしにされていたお照は、余兵衛が譲吉に何かしたんだと勝手に誤解し、家を飛び出して譲吉のところに転がり込んだという。譲吉も余兵衛も事情を説明できないので、成り行きに任せるしかなかったそうだ。

「ところが十日くらいして、お照の留守に余兵衛がこっそり来ましてね。俺がやった刷り仕事について、雇い主からもっとせしめよう、って持ち掛けられたんです。銅版がすり減ったら作り直す、って話があって、道具も仕事場に置いたままだったそうで、それにかこつける気だったんでしょう。俺はかなり危ないと思ったんで乗らなかったんですが、余兵衛さんはそれっきり、消えちまったんで」

だが、騒ぎ立てると自分にも禍《わざわい》が及ぶ。それで口をつぐむことにしたという。

「余兵衛は雇い主の素性も、何をやってるのかも、全部承知してたってわけだな」

「へい。雇い主の昔の仕事の縁からの伝手とか何とか」

どうやら、名倉が罷免された事件に関わった何者かが、介在していたようだ。やはり大坂の商人辺りが嚙んでいるのか。

「ところがどこでどう嗅ぎ付けたか、竹次郎親分が金にしようと動き出したんで」

譲吉としては、竹次郎の動き次第で自分が雇い主に口封じされかねないので、先手を打つしかなかったのだ。

「正直なところ、俺が手を出さなくても、あいつはいずれ、あの雇い主に始末されてたに違いねえ、と思いやすがね」

　譲吉はだから仕方ない、とばかりに言った。その通りだろうとは思うが、それで譲吉の罪が軽くなるわけではない。まったくお照は、どうしてこんな奴に惚れたんだろう、と横で聞いていたおゆうは思った。


　その日のうちに、譲吉は大番屋へ移された。お照の方は、身持ちの問題はさておき、処罰に相当する罪は犯していない。そのため、本郷竹町に帰され、当面大家預かりとなった。余兵衛の消息については、今のところ心配する素振りは見せていないが、まだ意地を張っているのではないかとおゆうは見ていた。しばらくして頭が冷えれば、幾らかは考えを改めるかもしれない。

　伝三郎は丸一日かけて第一弾の調書《しらべがき》を作り、上に提出した。おゆうもこれでニセ札事件はストップできると安堵したのだが……。

どうも、そう簡単には運ばなかったようだ。翌日の晩、伝三郎は落胆と不機嫌を併せた顔で、おゆうの家にやって来た。

「まったく、やってられねえや。一本つけてくれ」

　家に上がるなり、おゆうに大小を渡して、伝三郎はぼやき声を上げた。用意してあった炬燵の前にどかっと座り、足を突っ込んで顎を載せた。おゆうは急いでちろりを火鉢にかけた。

「いったいどうなすったんです。そんなにご機嫌が悪いのは、久しぶりですね」

どうもこうもねえ、と伝三郎は言った。

「譲吉の調書を出したんだがな。これだけじゃ名倉を追い込めねえ、とさ」

譲吉は「何か良からぬもの」を刷ったのは認めている。だが現物がないので、それがニセの藩札だと言い切れない。そもそも、どこの大名家のものかもわからないので、大名家に注意喚起してニセ札を押収してもらうこともできない。安修寺は怪しいが、物証は何もない。譲吉は目隠しされて連れて行かれたので、そこが安修寺だったかどうかもわからない。譲吉自身を安修寺に連れて行って中を見せれば、自分が連れて行かれたのはそこだと思い出すかもしれないが、寺社方から立入許可を取り付けるだけの根拠がない。名倉が仕組んだと知っているのは余兵衛だけだが、生死さえわからない（実は死んでいるが）。譲吉と一緒に仕事をした他の刷り職人三人は、昨日のうちに捕まえたが、譲吉の証言を上書きしただけで、それ以上のことは何も知らなかった。安修寺で見張り役をしていた人足たちは、どこの何者か、一切わかっていない。

伝三郎はそこまで一気に喋ると、ちょうど適温に燗のできた酒を、おゆうの酌でぐいっと呷《あお》った。

「つまり、八方塞がりですか」

おゆうが言うと、伝三郎は苦々し気に「そうだよ」とこぼした。

「それじゃあ……土佐屋の方から、ってのは……いや、駄目ですかね」

「ああ、駄目だな。土佐屋から紙を仕入れたからって罪になるわけがねえし、満之助が行方知れずになってることは、名倉と結びつける材料がねえ」

　せめて奥方が生きてりゃ、どうにかして聞き出しようもあったかもしれねえが、と伝三郎は残念がる。

「奥方様、ですか」

　また一杯酒を注ぎながら、おゆうは考えた。どうにかして、奥方殺しの件で攻める手はないだろうか。それを言ってはみたものの、伝三郎はかぶりを振った。

「それも駄目だ。医者の言葉しかねえし、それだってただの疑いだ。仮に証しが出たとしても、屋敷内のことだ。最後は不義密通の成敗でしたと開き直る手も残されてる。何度も言ってるだろ」

　いや、それは重々わかっている。だから、何か他の攻め方はないか、考えたいのだが。

「名倉が奥方殺しの後悔に責め苛《さいな》まれて、白状してくれりゃいいんだが、到底そんな殊勝なタマじゃねえしな」

　いっそ奥方が化けて出てくれたりすりゃ、有難えけどな、と伝三郎は自嘲《じちょう》気味に笑った。が、その言葉を聞いた途端、おゆうは固まった。

「おい、どうした。何か気になったか」

「あ、いいえ、何でも。困ったもんだなあ、と思いまして」

おゆうはさっと笑みを作り、伝三郎の盃を満たした。


伝三郎は一刻余り過ごして、愚痴ばっかり聞かせて悪かった、などと言いながら帰って行った。来た時より、気分は良くなったようだ。少しは癒してあげられたかしら、とおゆうはその背中を見送りつつ思った。

伝三郎の姿が角を曲がって消えると、おゆうはすぐ家の中に取って返し、食器を片付けて炬燵の火を落としてから、押入れに潜り込んだ。


ＬＩＮＥでリモート打合せを要請したところ、宇田川はすぐに反応してくれた。画面が立ち上がると早速、今までにわかったことを話す。宇田川は最後まで黙って聞いていた。

「そうか。荒れ寺のトイレの裏に埋められてたか。じゃあ、銅板の一部が腐食したのは、土中に浸み込んだアンモニアのせいだな。銅はアンモニアに弱いんだ」

宇田川が最も関心を示したのは、そこだった。さすが分析オタク、譲吉とお照の成り行きなどには反応しない。

「で、これからどう進めるんだ」

「実はそれでね、ちょっと相談があるんだけど」

優佳が画面に顔を近付けると、宇田川は落ち着かない顔になって身じろぎした。

十四

それからおよそひと月ほど経った。名倉について、伝三郎はまだニセ札が屋敷から運び出されていない、という可能性に賭け、麹町の万蔵に命じてしばらく張り込ませた。竹次郎の手下だった得助などは、失地挽回《ばんかい》、親分の仇討《あだう》ちと張り切って、名倉の屋敷の塀を乗り越えそうになり、万蔵にどやされる始末だった。

七日間張り込ませたが、何の動きも見られなかった。伝三郎も、ニセ札はとうに上方へ運ばれたと観念するしかなかった。

「後は大坂辺りで、ニセの大名家の札が見つかった、と知らせてくるのを待つよりねえな」

それを江戸へ送らせ、譲吉に自分が刷ったものだと確認させれば、捜査は再開できる。だが、当てもなくそれを待つしかない、というのはどうにも腹立たしい、と伝三郎は嘆いた。とは言っても、定廻り同心の職務は多忙である。伝三郎も他の事件に追われ、しばし名倉の件から離れた。

やがて名倉和江の月命日が巡ってきた。その前日、おゆうはそれを伝三郎に思い出させた。

「二度目の月命日ですよ。何か供養か、墓参くらいはするでしょう」

「そりゃあそうだが、だから何だ」

伝三郎は、何が言いたいんだと訝しそうな顔をした。

「もしかすると、何か動きがあるかなって。供養のとき、不用意に何か漏らすとか、奥方の死に顔を思い出して動揺して、ちょっとボロを出すとか」

自分でも説得力は薄いと思ったが、やはり伝三郎は苦笑を返した。

「そんなことを期待してるのか。さすがに無理だろう」

「まあ、わかってますけど。ただ、上方からの知らせをぼうっと待つだけってのは、癪《しゃく》ですし。丸一日くらい、見張ってみてもいいかなって」

ふう、と息を吐いて、伝三郎はまじまじとおゆうの顔を見た。おゆうもじっと見つめ返す。すると伝三郎の方が、落ち着かなくなったようだ。

「まあ、お前がどうしてもってんなら、気が済むようにすりゃいい。源七と万蔵に言って、そうだなあ、まず墓参するなら尾けて、その後明け方まで、屋敷を見張るか」

何も出ねえとは思うが、と言いつつ、伝三郎は張り込みを許可した。ただし、名倉に見咎められないよう、遠巻きに窺うだけにしておけ、と釘を刺した。すぐ近くで見張らないと意味ないじゃありませんか、と本来なら言うところだが、今度に限っては、これは寧ろ有難い指示だ。

「承知しました。ありがとうございます」

おゆうはほっとして、できる限りの最高の笑顔を返した。

月命日の当日。名倉は屋敷を出て、奥方の和江が葬られた菩提寺《ぼだいじ》に向かった。用人の乾と、奥方付きだったらしい女中と、中間、小者が従った。名倉家の構成を考えると、留守番に残ったのは、小者と下女が各一人のはずだ。屋敷が空っぽになるとまでは期待していなかったので、下働き二人だけならまず良し、としよう。

「尾けるのは、お願いします」

おゆうは万蔵と源七に頼んだ。源七は意外そうに問い返す。

「言い出したのはあんただから、てっきりあんたが尾けると思ったが」

「いえ、私はちょっと考えがあって」

おゆうは名倉の一行が出て行った後の屋敷を、目で示した。源七は目を剥いた。

「おいおい、安修寺の時みてぇに、勝手に入り込む気じゃなかろうな」

あれは誰もいない荒れ寺だが、こっちはれっきとした旗本屋敷だぞ、と万蔵も呆れたように言う。

「裏木戸は、普段は門をかけていません。それは確かめておきました」

名倉が帰る時は小者がそこから入って、下働きに殿様の帰宅を告げ、表門を開けるのだろう。

「そこから入る気かい。裏木戸は厨《くりや》に近いから、留守番の下働きに見つかるだろう」

「家中の人が出払ってるから、厨の用事はないはずです。小者部屋で休んでるでしょう」

それに、とおゆうは付け加える。

「あそこの下働きの小者と下女、どうもデキてるみたいなんです。だから主人の留守にやることとっていうと……」

おゆうはしたり顔で、ふふふと笑った。源七と万蔵は、呆れている。

「そこまで調べてたのか。わかったよ、どうしてもってんなら、とにかく見つからねえようにしろよ。ばれたら鵜飼の旦那まで上から大目玉を食らうぞ」

「もちろんです。うまくやりますから」

おゆうは胸を叩くと、憂い顔の親分二人を置いて、裏路地に入った。そこは普段、ほぼ人通りがない。

裏木戸をそっと開け、体を滑り込ませた。建物を窺うと、思った通り厨にも土間にも、下働きの二人は見えない。耳をそばだてると、奥の使用人部屋から微かに喘《あえ》ぐような声が聞こえた。よし、下調べの通りだ、とおゆうはほくそ笑む。

屋敷の建物に沿って、庭の方へ回り込んだ。そこでやらなければならないことがある。源七と万蔵は、おゆうがニセ札の証拠が残っていないか調べに入った、と思っているだろう。だが、そうではなかった。

おゆうは懐から小型のスピーカー三個を出し、それを庭木の幹と、庭を囲む土塀の軒下と、石燈籠の裏にテープで固定した。電源は電池、音源は無線で送れるようになっている。おゆうは一分余りで仕事を済ませ、急いで引き上げた。音は立てなかったので、気付かれてはいない自信はあった。

裏路地に出たおゆうは、インカムを出して耳にセットした。マイクに向けて囁く。

「スピーカー、設置完了」

「了解」

百メートルほど先で待機している宇田川が、答えた。

名倉一行は、日暮れ前に戻って来た。名倉たちが屋敷に入るのを見届けると、源七と万蔵が傍らに寄った。

「おい、何か見つかったか」

おゆうはいかにも残念そうな顔を作った。

「いえ、庭と床下を見てみたんですけど、何もありませんでした」

だろうな、と万蔵がつまらなそうに言った。

「無茶するだけの値打ちはねえぜ」

「そうですね。ちょっと逸《はや》り過ぎました」

おゆうは反省するように肩をすぼめた。

「で、一応夜明けまで見張っとくんだよな」

万蔵は、いかにも面倒臭そうな顔をした。伝三郎から特に駄賃が出ているから指図通りにしているが、でなきゃこの寒空に、こんなことやってられっかと言いたそうだ。それでも、万一不測のことが起きたら手に余るかもと、下っ引き連中に押し付けずに自分で出張っている辺りには、プロ意識が感じ取れた。

「月命日に化けて出てくれる、ってんなら、見張ってる値打ちはあるかもな」

源七はいつぞやの伝三郎と同じようなことを言った。おゆうはぎくりとしたが、もちろん冗談だ。

「はいはい、それじゃあ私は裏路地に回ります。お二方は、鵜飼様の言うように、見咎められない程度に離れて。あの辺とか」

おゆうは十間ほど先の、町家と武家屋敷の境目辺りを指した。

「ちょっと離れ過ぎてねえか」

源七は首を傾げたが、万蔵が、どうでもいいやという調子で頷いたので、文句を引っ込めた。おゆうとしては、このぐらい離れていてもらわないと困るのだ。二人が所定の位置についたのを確認すると、おゆうは裏路地に回った。厨の方から、夕餉《ゆうげ》の支度の煙が上がっているのが、塀越しに見えた。

おゆうはインカムを出すと、またマイクに囁いた。

「配置完了。準備にかかって」

再び、了解の返事があった。


四ツ半（午後十一時）頃、念のため周囲を見回った。野良猫を見つけたくらいで、どこかの陰にいるはずの万蔵と源七以外、人っ子一人いない。と、そこへ足早に近付いて来る人影が見えた。思わず身構える。だが相手が近付くと、緊張を緩めた。下っ引きの得助だ。

「ちょっとあんた、手伝いに来たの？」

小声で問いかけると、得助はぎょっとして立ちすくんだ。そしておゆうだとわかると、手に提げた出前の岡持ちのような箱を示した。

「いやその、万蔵親分から四ツを過ぎたらこれを持って来いって。熱燗です」

蓋を開けておゆうに見せる。口から湯気を立てている徳利が見えた。届ける前に冷めきってしまわないよう、沸騰寸前まで燗をしてきたらしい。おゆうは苦笑して、得助を行かせた。万蔵も源七も、やる気なしのようだ。まあ、仕方ないか。

丑三《うしみ》つ時《どき》（午前二時）が近付いて来た。おゆうは懐からデジタル時計を出して確認する。よし、そろそろだ。万蔵と源七は、もう出来上がってうたた寝でもしているだろうか。風邪など引かないように願いたい。

おゆうは隠しておいた折り畳みの脚立を出し、名倉家の裏塀の際に立てた。そこに上がると、名倉家の庭が見渡せる。おゆうはインカムを耳に付け、マイクに囁いた。

「サウンド、スタート」

十間ほど先の陰で、小さな灯《あか》りが点《とも》るのが見えた。宇田川がスマホのライトを照らして、システムをＯＮにしたのだ。

名倉家の庭に昼間設置したスピーカーから、くぐもった音が響き始めた。音は屋敷の母屋に向けられ、時に雨戸を微かに震わせた。その奥で、名倉が就寝している。指向性の音源なので、計算上は隣家には聞こえないはず、である。

サウンドは、次第におどろおどろしくなった。大きく小さく、浪《なみ》のように雨戸を打つ。音楽などではなく、地獄の底からくるような不気味な効果音である。

しばらくすると、台詞が加わった。最初は静かに、次第に大きく、不明瞭から明瞭に、震えるような声。

「……ああ……苦しい……苦しい……何ゆえにこのような……ああ……」

聞いているおゆうも、なんだかぞっとしてきた。女の声だが、年齢不詳、誰のとも言い難い。和江の声は聞いたことがなかったので、誰の声にも聞こえるようなものを、音声ソフトで合成してあるのだ。それが却って、不気味さをいや増していた。

「何ゆえに私を……この私を……恨みます……恨みます……」

雨戸の向こうで、気配があった。音声に気付き、名倉が起き出したようだ。

「映像スタンバイ」

インカムで宇田川に告げる。さあ、ショータイムだ。

いきなり雨戸が引き開けられ、白い夜着に綿入れを引っ掛けた名倉が縁側に立っているのが見えた。スピーカーの音声で目を覚ましたのだ。あれで目が覚めないほど熟睡していたらどうしようと思っていたのだが、やはりこの命日に安穏と眠れるほど、図太くはなかったようだ。

「映像スタート」

一瞬の間を置いて、おゆうから見て左手になる、縁側と向き合う側の白い土塀が、明るくなった。ドローンを使って座敷の屋根の上に設置しておいたプロジェクターが、動き始めたのだ。

土塀が青くなった。水の流れるような映像。そして効果音。続いて、地獄の炎のように紅に染まる壁。やがて紅が濃い赤になり、次第に黒ずみ、血のように流れ始める。名倉はそれを前に、呆然と立ちすくんでいる。

画像の色が変わった。白っぽく、薄暗く、上から染まって行く。そして画像が砕け散る。名倉が、ぎょっとして身を引いた。

土塀に、人物が現れた。長い黒髪、白い襦袢の後ろ姿。名倉が「あああ」と声を上げる。人物はいったん消え、左右に分かれて現れ、また一つになった。ゆっくりと振り向く。女の白い顔。だが振り向くに従って顔は崩れ、向き直った時にはミイラのようになっていた。これも、和江の顔を知らなかったための演出だ。朽ちた死骸みたいな顔なら、覚えのある者にとっては自分が殺《あや》めた相手に見えるはず、と考えたのだ。

名倉は、予想通りに反応した。

「かっ……和江か。ば、化けて出おったか」

声が震えている。名倉はぱっと身を翻して座敷に駆け込むと、刀を持って縁側に戻った。映像を睨みつけているようだが、膝ががくがくしているのが、おゆうの位置からでも見て取れた。ここで追加の音声が入る。

「ああ……苦しや……苦しや……この恨み……晴らさでおくべきか……」

女の顔が髑髏に変わり、いきなりぐっと迫るように大きくなった。名倉はのけ反り、抜刀した。

映像が変化し、死の世界のような、荒涼とした景色が映し出された。そこに佇《たたず》む女。俯いて、顔を見せない。それが次第に、近付いて来る。一歩、また一歩。あの超有名ホラー映画を見ているようで、おゆうも体感温度が一気に下がった。

名倉が悲鳴を上げる。

「おのれぇ、来るな！　来るな！　妖怪ッ」

名倉は庭に飛び降り、刀を振るった。無論、何も斬れはしない。名倉の刀は、何度も空を切った。そのたびに、名倉の形相が狂気を帯びてくる。映像の女は、まるでそれをせせら笑うかのように近付くと、すっと消えた。

屋敷の奥から、ばたばた動き回る音がした。家人が異変に気付いて起き出したようだ。名倉は振り向きもせず、女が消えて青っぽい世界になった映像を凝視している。

映像がまた赤っぽくなり、両端にさっきと同じ俯いた女の姿が現れた。今度は左右から名倉を挟み込むように、じりじりと迫ってくる。名倉は目を一杯に見開き、後ずさりした。

「殿、殿、如何なされましたか！」

奥から声がした。用人の乾だろう。名倉の耳には、それも聞こえなかったようだ。震える手で刀を持ち上げ、映像めがけて振り下ろした。もう距離感もすっかり崩れているようだ。そこで映像は最初のシーンに戻ったが、名倉は全く気付いた様子はなかった。

（すっごい効果だわ）

おゆうはこの光景を見下ろし、息を呑んだ。


宇田川に計画を持ちかけたのは、ひと月近くも前だった。

「ちょっと名倉に心理的圧迫を加えて、自滅に追い込むってのはどうかな、と思って」

「心理的圧迫？」

宇田川は、眉根を寄せた。

「何をしようってんだ」

「殺した奥方が幽霊になって出て来て、名倉を責めるってのは？」

宇田川は、頭がどうかしたのかという顔で、画面越しに優佳を見た。だが一、二秒で、優佳が何を企んでいるか、わかったようだ。

「幽霊の影絵でも見せるのか」

江戸にも幻灯機のようなものはあり、影絵の見世物などもあった。だがもちろん、優佳の考えるのは遥《はる》かに手の込んだものだ。

「もっとすごいやつ。屋敷の壁全体に、幽霊の映像を出してやるの」

宇田川はさすがに唖然とした。

「あんた、江戸でプロジェクションマッピングを仕掛ける気なのか」

「そう、それそれ」

優佳はにんまりする。だいぶ前、宇田川が江戸に来るようになる以前、薬種問屋にまつわる事件の際、容疑者の一人を怪異仕掛けで自白に追い込んだことがあった。あれは殺人現場に容疑者をおびき出し、ルミノール反応で血の跡を浮かび上がらせて脅かしたのだが、効果はてきめんだった。今度はそれを、ずっと大掛かりにやってみようと考えたのだ。

「前に、ラボの関係先で映像クリエイターがいるって、話してなかったっけ」

「ああ……ありゃあ、河野《こうの》さんの知り合いだな」

河野は宇田川の先輩で、ラボの社長である。コミュ障で不遇をかこっていた宇田川の才を見抜いて、ラボの立ち上げに誘ったのが河野だった。

「そこに映像を作らせるのか」

「うん。やってくれるかな」

「そりゃ商売だから発注すりゃ作るだろうが……手間と費用がどれだけになるか」

費用、か。それは見当がつかないので、問題だった。

「無理、かなあ」

所詮は思い付きだったので、優佳は気持ちが萎《しぼ》んできた。ちょっと考えが安直過ぎたか。だが宇田川は、しばらく考え込んでから言った。

「まず、プロジェクションマッピングを投射する壁を選定して、正確な寸法と角度が要るな。プロジェクターと音響装置の設置場所も。それを全部確認したうえで、制作会社に現場の画像も含めて渡さにゃならん。かなり面倒だぞ」

あれ、もしかしてやる気になってくれてる？

「これって、できると思う？」

「難しいが……面白そうではあるな」

宇田川は頷いて顎を撫でた。

「ははあ、ここに、ですか。日本家屋の土塀とか、そんな風ですね」

河野の伝手で会った三宅《みやけ》という映像クリエイターは、写真と図面を確かめながら言った。マスクのおかげで確かではないが、年は自分とそう変わらないように見える。

なのに自分のスタジオを構えているのはすごいな、と優佳は思った。

「ええ。ちょっとした御屋敷みたいな感じで、その塀です。凹凸《おうとつ》はほぼないんで、やり易いかと思うんですが」

優佳は写真を指して言った。それらは、ドローンを使ったり、隙を見て塀越しに撮ったりしたものだ。寸法は外側からでも実測できた。名倉家の下働きの男女がデキていることは、この調査の過程で気付いたのだ。

「ホラー系のコンテンツをご希望なんですよね」

「ええ。女性の幽霊が主役で、うんと怖いやつを」

外部公開しない内輪のプロモーションに使う、と優佳は説明した。じゃあ子供さんが見ることはないんですね、と三宅は確認した。近頃はいろんな角度からの配慮が欠かせないそうだ。子供が怖がり過ぎて親からの苦情がくる例も少なくないという。

「はい、大丈夫です。何かアイデアはありますか」

そうですね、と応じ、三宅は構想を簡単に説明した。

「純和風でしたら、こんな感じですかね。早急に絵コンテを作ってお見せしますが」

三宅がさらさらと描いた、黒髪に白い着物の女性のデッサンを見て、まさにこうです、と優佳は満足の笑みを浮かべた。だがマスク越しなので、相手には伝わらない。

「長さは一分足らずで充分なんだけど、二週間でできる？」

宇田川が横合いから、紋切り口調で聞いた。愛想笑いなど薬にしたくもない、というこの男にとっては、マスクをしている方が都合がいいだろう。

二週間ですか、と三宅は頭を掻いた。

「普通なら一カ月はいただくんですが……実はその、コロナのせいでイベントが軒並み中止になりまして、手が空いてるんです。二週間でも何とかできますよ」

ああ、そうか。プロジェクションマッピングは人の集まるイベントだから、今はなかなか厳しいだろう。

「じゃあそれでよろしく。幾らかかるの？」

宇田川はまた、愛想のかけらもない聞き方をする。もうちょっと相手へのリスペクトを表に出せよ、と優佳は渋面になるが、こういうキャラだから仕方ない。まったく、江戸ではそこそこできることが、どうして現代に戻るとできないんだ。

「このくらいの規模ですと、二百万ほど頂戴してるんですが、河野さんのお身内ですし、正直、今は一つでも仕事をいただければ有難いので、百七十万で如何でしょうか」

百七十万か。優佳はごくりと唾を呑み込んだ。やっぱ、そのぐらいかかるんだ。思い付きからここまで進めちゃったけど、無論、自分にそんな金はない。江戸のお金なら、すぐ用意できるんだけど……。

「ああ、いいよ、それで」

宇田川はあっさり言った。三宅の顔に安堵が浮かぶ。

「ありがとうございます。すぐ見積もりを作成して送らせていただきますので」

以後のやり取りはメールで、と互いに了解して、優佳と宇田川は三宅のスタジオを出た。駅まで歩く途中、優佳は遠慮がちに聞いた。

「あの、費用だけど……」

「高いと思うか？」

宇田川は、もっと値切った方が良かったか、という目付きで言った。

「いや、そうじゃなくてその、私のわがままでさ……」

今でも相当世話になっているのに、百七十万も出させるというのは、あんまり虫が良過ぎないか。そりゃ一億を超える現預金を持つ宇田川なら、さしたることではないのかもしれないが、さすがに心苦しくなってきた。

「わがままって何だ。事件解決に必要なんじゃないのか」

「でも、名倉を追い込めたらいいけど、結果は出ないかもしれないし」

「それはそっちの問題だ。俺は江戸でプロジェクションマッピングをやること自体が面白い、と思ったから乗ったんだ」

「けど、小さな額じゃないし」

「それは価値観の話だ。あんたは悪者退治にこれをやるべきだ、と思ったんだろ。だったらブレるな」

宇田川はきっぱりと言った。優佳は思わず背筋を伸ばした。そうだ、言い出した私が怖気づいちゃ、逆に申し訳ない。

「わかった。ごめん」

優佳は頷き、心の中で宇田川に手を合わせた。


「映像停止」

おゆうは宇田川に告げて、プロジェクションマッピングを止めた。土塀は元通り、闇に沈んだ。だが名倉は、錯乱状態だ。幽霊映像は消えたのに、刀を構えたまま肩で息をして、髪を振り乱し、獣のように唸りながら左右に首を向けている。目は血走っているに違いない。

「殿！　何事でございますかッ。どうかお気を確かに」

障子を開け、縁側に出た乾が、名倉の様子を見て仰天している。名倉は振り返ったが、乾を認識できているのだろうか。

（追い討ちをかけるか）

もう一度映像を出して、乾にも見せてやろう。江戸の人間は信心深いし、超常現象はそのまま受け入れ、人ならざる者、神か悪魔の仕業と恐懼《きょうく》する。乾も共犯者なのだから、あいつもここで震え上がらせてやればいい。

優佳はマイクに「映像再開」と言いかけた。が、その時、縁側の廊下の先がぼうっと薄明るくなった。名倉と乾が気付き、そちらに顔を向ける。すると、その薄明りの中に女の姿が浮かび上がった。さっきとほぼ同様の、黒髪に白い着物の女だ。ただ、今度の方が顔がはっきりしているような感じだ。

名倉がまた叫び声を上げた。前より甲高く、天まで突き抜けるかのようだ。

「お、おのれ、和江、血迷うたか」

名倉は刀を上げ、勢いのままに振り下ろした。

「ぎゃっ」

悲鳴が上がり、障子に血しぶきが飛んだ。同時に乾が、横ざまに倒れた。名倉が振るった刀が、乾を斬ってしまったのだ。

「と、殿ッ、お、お静まりを」

幸い致命傷ではなかったようだ。乾は床を後ずさりしながら、懸命に名倉を止めようと声を上げている。この騒ぎだと、隣家の者も起き出すかもしれない。

「作戦終了、撤収」

おゆうは急いでマイクに告げた。了解、の声が聞こえた。家の中では、名倉が声を上げて暴れている。怪我した乾には抑えられないようだ。奥女中や小者は、怯えて奥に避難したらしい。誰も出てこようとはしなかった。

名倉は意味不明の言葉を叫び、よろめきながら座敷を出て行った。ほぼ同時に屋根でローターの音がして、プロジェクターを吊り下げたドローンが夜空に舞い上がった。

その時、「火のよう―じ―ん」という呼び声が聞こえ、拍子木の音が鳴った。夜回りだ。それに反応したのか、表門の潜り戸の閂が開けられる音がした。

（まずい！）

名倉は錯乱したまま刀を持って飛び出そうとしている。夜回りを見たら、妖怪と思い込んで斬りかかるかもしれない。おゆうは脚立から飛び下りると、塀を回り込んで表の道へ駆けて行った。


表の道に出ようとした時、「わあっ」と悲鳴が上がった。慌てて駆けつけると、落ちた提灯が地面で燃え、その手前で夜回りの老人が腰を抜かしていた。その前には、血刀を手にした名倉が立っていた。唸り声のようなものが聞こえる。おゆうはすぐに呼子を出して吹いた。そのまま夜回りに駆け寄り、両脇に手を入れて引き摺った。どうやら斬られてはいないようだが、足腰は立たなくなり、歯をがちがちいわせている。

名倉は突っ立ってこの様子を見下ろしていたが、どうスイッチが入ったのか、急に刀を振り上げた。刀身が弱い月明かりに、鈍く光った。意味のない唸り声が、まだ続いている。名倉は明らかに正気を失っていた。

　おゆうはさっと十手を抜いた。こうなったのは、私の責任だ。夜回りが斬られることは、身を挺《てい》してても防がなくてはならない。刀を頭の上まで持ち上げた名倉は、じりじりと迫って来た。だが刀を握っているのは右手だけで、左手はだらりと垂れている。片腕で振る刀なら、防げるかもしれない。おゆうは十手で刀を受け止めようと、夜回りの頭を守るように掲げた。

「おい、何しやがんだ、やめろッ」

　後ろから駆けて来る足音がして、怒鳴り声が響いた。名倉がびくっと反応し、顔をそちらに向けた。

「やい、刀を捨てろ！　神妙にしろいッ」

　万蔵が名倉の前に立ち塞がる。源七がその隣に立った。名倉は、しばし動きを止めたが、うおぅと吠えると、刀を振るった。万蔵と源七が飛びのく。

「こ、この野郎、いかれてやがるな」

　名倉が正気でないとわかって、万蔵と源七は一歩引いた。その隙におゆうは、夜回りをさらに後ろへ引き摺って遠ざけ、塀の陰に押しやると、十手を握り直して前に出た。

「おゆうさん、危ねえぞ、下がってろ」

源七が叫んだが、おゆうはそれを無視して十手を構える。三人の十手に囲まれた名倉は、どうしようかと考えるように動きを止めた。が、そこでいきなり「わあああ」と絞り出すような大声を出すと、膝から崩れて地面にへたり込んだ。刀は手から離れ、道に転がった。万蔵がすかさず飛び付き、刀を取った。

最悪の事態を回避し、ほっと息を吐いたところで、塩町の方から幾人もが駆けて来る足音が聞こえた。振り返ると、御用提灯が揺れながら近付いて来る。その提灯の灯りで、来たのは待機させられていた千太や藤吉、得助と、万蔵の子分や小者たちだとわかった。やれやれ、これで助かった。

駆け付けたのは十人ほどにもなり、座り込んだままの名倉に六尺棒を突きつけて取り囲んだ。名倉は周りで何が起きているのかも認識できていないようで、「無礼者」と抗うことすらせず、あらぬ方角に目をやっている。

「知らせを走らせたんで、おっつけ鵜飼の旦那も来ますぜ」

千太が報告した。わかったと言ってから、源七は万蔵とおゆうに、名倉を示しながら尋ねた。

「なあ、昼間に尾けた時とはだいぶ様子が変わってるが、こいつは名倉彦右衛門に間違いねえのかい」

そうだと二人は同時に答えた。

「屋敷で暴れた揚句、表に飛び出てきたんです。まるで幽霊でも見たような有様で」

おゆうが言うと、「へえ、本当に出ちまったのか」と源七は目を剝いた。

「しかし、どうすんだ。御旗本を俺たちがふん縛っていいのか」

さてそれは、とおゆうも首を捻った。乾以下、名倉家の家人は出て来られる状況ではないだろうし、このまま待って、伝三郎の指示を仰ぐしかないか。

するとト万蔵がすたすたと歩き出し、塀の陰で蹲《うずくま》っている夜回りを引き起こした。

「おい、大丈夫か。どこか斬られたのか」

「いや、いや、その、へえ」

夜回りはすっかり動転して、あわあわ言うだけだ。おゆうが代わって、斬られてませんよと言いかけた。ところが万蔵はそれを制するようにして、夜回りの着込んでいた綿入れの裾を持ち上げた。

「おや、何だ、斬られてるじゃねえか」

覗き込むと、確かに裂け目ができている。

「こいつは、あの侍が斬ったんだよな。お、足に傷もあるじゃねえか」

えっとおゆうは目を凝らした。そこにあったのは引っ掻き傷で、引き摺った時に付いたものだろう。夜回りは「ええ、そりゃあその」ともごもご呟いた。万蔵はそれを遮り、「そうかそうか、斬られたのかい。そいつァ大変だったなあ」と夜回りの肩を叩いた。それから立ち上がると、おゆうと源七に向かって言った。

「聞いた通りだ。そいつは旗本かもしれねえが、理由もなく夜回りを斬った。だから捨てておけねえ。縄でもかけて取り押さえなくちゃあな」

万蔵は名倉に顎をしゃくって、ニヤリとして見せた。おゆうと源七は顔を見合わせ、この小芝居に付き合うように笑みを浮かべた。


名倉は抵抗する気も失ったらしく、呆然として縛られるがままになっている。それを取り囲む連中の隙を見て、おゆうは裏手に入った。塀沿いに進み、暗がりでスマホの灯りを頼りに機材を片付けている宇田川を見つけ、ほっと安堵する。

「大丈夫だった？　見られてない？」

「ああ、気付かれちゃいない。うまく行ったみたいだな」

「予想以上に。刀を振り回して飛び出すとまでは、思わなかった。危うく一般人の怪我人が出るところで、冷や冷やしたわ」

「あんたは平気だったのか。錯乱状態で刀を振り回す奴を止めるなんて、危な過ぎるぞ」

「うん、ちょうど応援が来たんで助かった」

そうか、と宇田川は表情を緩めた。だいぶ心配してくれていたようだ。

「万一の時は、使おうかと思って持ってたんだが」

宇田川は懐から、拳銃のグリップを覗かせた。えっと驚いたが、サバイバルゲーム用の、プラスチック製のＢＢ弾を撃てるモデルガンだ。確か前にも持ち込んでいたことがあった。

「こんなの使わなくて済んで、良かったわ」

おゆうは苦笑した。そこで思い出して、宇田川の肩を叩く。

「でも凄いねえ。あんなおまけまで、用意してたんだね」

「おまけ？」

宇田川が怪訝な顔をする。

「あれよ。屋敷の廊下の奥に出した映像。あの幽霊画像もリアルだったわ。名倉はあれを見て、表に逃げ出したのよ。結局、あれが一番効いちゃったのかもね」

「廊下の奥？」

宇田川は数秒の間、ぽかんとしていた。そしてかぶりを振ると、言った。

「何言ってるんだ。映像は塀に投射したやつしか、用意してないぞ」

え？

十五

伝三郎が駆け付けるまでに一刻近くかかり、着いた頃には空が白んでいた。騒ぎに気付いた隣家の人々は、騒ぎが落ち着いてから様子を見に出て来たが、遠巻きにするだけで関わろうとはしなかった。

名倉はまだ正気に戻っていなかった上、屋敷が混乱状態だったので、伝三郎は一旦大番屋まで連行することに決めた。その後名倉家の方は、負傷した乾が何とか指図して落ち着かせたようだが、伝三郎が開門を求め、事情を聞こうとしても応じようとはしなかった。怪我の手当てのために医師が呼ばれたが、これにも同席はできず、後で診療を終えた医師から事情を聞いた。それによると、乾の怪我は軽くはないが重傷というほどではなく、二月ほどあれば回復するだろう、とのことだ。他の家人は、何が何だかわからず放心状態だという。

おゆうは乾が治療を受けている隙に何とか裏から屋敷に潜《もぐ》り込み、スピーカーを回収した。宇田川は機材を抱えたまま、町木戸が開いて通行できるようになる夜明けまで待たなくてはならなかったが、それには格好の隠れ場所があった。安修寺だ。ぞっとしない場所だが、宇田川はそういうことを気にしないので助かる。

名倉の犯罪については、ニセ札造りの疑いあり、という話を、戸山が目付に根回ししていたおかげで、この意外な捕縛によってすぐに捜査が動き出した。名倉を大番屋に送った翌日には、早くも徒目付《かちめつけ》が出動して名倉を屋敷に戻し、そのまま家宅捜索に入った。その結果、棚の奥に隠されていたニセ藩札のサンプルが見つかり、名倉の容疑は決定的なものになった。


名倉家が捜索された翌々日の夕刻、伝三郎がおゆうの家に来た。

「いやあ、あれからばたばたでな。なかなか来られなくて済まねえ」

伝三郎が手刀を切って詫びるので、おゆうはそんなこといいですよと笑い、いそいそと燗酒を用意した。

「お忙しかったでしょう。ゆっくりしてって下さいね」

ちろりから酒を注いでやると、伝三郎はすっと飲み干して目を細めた。

「そろそろ春とはいえ、まだまだこいつが有難ぇな」

おゆうも伝三郎の返杯を受けて、「ああ美味しい」と目尻を下げた。

「しかし本当に幽霊騒ぎが起きるとは思わなかった。お前の見込んだ通りになったな」

伝三郎は労いつつも面白がるように言った。

「いえいえ、私だってまさか、実際に何か起きるとまでは思ってませんでしたよ。もしかしたら、っていう欠片《かけら》みたいなことに縋ってみただけだったのに」

計画はしたものの、結果については自分でも思っていなかったほどだ。名倉は、実は神経が繊細な男だったのかもしれない。プロジェクションマッピングなんて代物は、江戸では想像すらできない。見た者に与えたインパクトは、心を折るほどに凄まじかったのだ。

ただ、廊下の奥に現れたものはいったい何だったのか。それについては、おゆうは考えないことにしていた。

「名倉の野郎がだんびら振り回した時は、お前も十手を構えて立ちはだかったそうだな。源七から聞いたぞ」

伝三郎が、ちょっと厳しい顔になった。えっ、とおゆうは肩をすぼめる。

「ああ、あれはその、夜回りのおじいさんが危なかったので、つい」

言い訳したが、伝三郎は口調を強めた。

「源七も万蔵もいたんだ。女だてらに、無理をするんじゃねえ。相手が自分で潰れちまったからまだいいが、正気を失くした奴はどんな動きをするか、わからねえんだからな」

「あ、はい、ごめんなさい。もうあんなこと、しません」

殊勝に俯いたが、伝三郎は疑わしそうにおゆうを見ている。

「そうやって何度謝られたことか。しかもだいたいは、空手形だ」

「えっ、いえ、そんなことは」

うろたえると、伝三郎は大笑いした。

「まあ、そういう性分ならしょうがねえ。その気風に惚れたってところもあるしな」

え、今、惚れたって言ったよね。もう、ごくたまにこういうこと言ってくれるから、少々つれなくされても許しちゃうのよねえ。

はいはい、とまた盃を満たしてやると、伝三郎はそれを空けてから言った。

「一つまだ、片付いてないことが残ってるな」

あ、とおゆうは真剣な顔になる。

「土佐屋の満之助さんですね」

「うん。名倉のところの連中は、目付の方で押さえてるからな。こっちからは何も聞けねえ。下働きはともかく、用人の乾は経緯を全部知ってると思うが」

「せめて生きてるか死んでるかだけでもわかれば、いいんですけど」

名倉の証言が得られない以上、満之助がニセ札の陰謀に加担していない、と言い切ることもまだできなかった。それがどうにも歯痒い。

「余兵衛さんのことはどうです。殺した、って白状したんですか」

「いや、まだだ。戸山様の耳に入ってる限りじゃ、余兵衛殺しについて乾は何も知らないようだし、名倉がまともに洗いざらい喋れるまで、しばらくかかりそうだしな」

やれやれ、とおゆうは眉を下げた。心理的圧迫が強過ぎて錯乱したため、自供に時間がかかるとは皮肉な結果だ。

「それと、ちょっと妙なことがあるんだ。つい半刻ほど前に戸山様から聞いたんだが」

伝三郎は盃を置いて腕を組んだ。

「刷り上がったニセの札はとうに大坂に送られてたが、見本のつもりか、名倉が家に一枚隠し持ってやがったんで、どこの大名家のものかはわかった。そこで御老中を通じてその大名家に知らせたんだがな」

「間に合わなかったんですか」

「いや、逆だ。大名家は既に大坂の方で手を打って、ニセ札が流れ出るのを止めた、ってんだよ。御老中に申し上げるのが遅くなって申し訳ないと詫びていたそうだが、どうしてそんなに早く気付けたのかねえ」

「出来が悪くて、使った途端に見破られたとか？」

「いや、その大名家が言うには、本物と見分けがつかない出来で、大量に流れたら危なかった、てことだ」

ふむ、とおゆうは考えた。その大名家が素早く手を打てたなら、どこかで情報が漏れていたのだ。しかし名倉の周りから漏れたなら、裏切り者がいたことになるが、誰がそんな？

「確かに、おかしいですね」

「ああ。ただまあ、何千両ってぇニセの札が、一枚も使われねえで済んだんだ。そいつは幸い、と思っとかなくちゃなるめえな」

伝三郎は煮え切らないように言ってから、燗酒をもう一本所望した。


そのさらに二日後、驚くべき知らせがもたらされた。

朝、おゆうが身支度を整えて外に出かけようとしていた時、表の戸が叩かれた。千太あたりが呼びに来たのかと思い、「はあい、いるよ」と声を出したところ、聞き慣れない声で「ご免下さいまし。お邪魔いたします」という挨拶が返ってきた。

「あ、はい。どちらさま」

「湯島の土佐屋の手代、功助でございます。恐れ入りますが主人から、おゆう親分さんを急ぎお呼びするようにと申しつかりまして」

ああ、あの手代か。おゆうは緊張した。もしや、満之助に関する知らせだろうか。

「はい、何事ですか」

表口に出て尋ねると、功助は自分自身も当惑している、といった様子で答えた。

「満之助若旦那が、今朝早くに帰ってきたんです」

十手を帯に差したおゆうは、途中、番屋に顔を出して伝三郎に知らせるよう頼み、功助と共に小走りで湯島に向かった。

「ああ、これはおゆう親分さん、お呼び立てしまして申し訳ありません。ささ、どうぞ」

当主の満右衛門は、待ち兼ねた様子で店先に出て来て、おゆうを迎えた。聞けば満之助は旅装を解いたばかりで、座敷で待っているという。

「え、では旅に出ていたんですか」

「はい。上方へ行っていたそうです。例の名倉様の紙の一件で。当人も疲れ果ててお りましたので、詳しくは親分さんが来られてからと思いまして」

上方ですって。おゆうは目を丸くした。もしや満之助は、あのニセ藩札を……。

慌ただしく座敷に入ると、座して待っていた満之助が、両手をついて頭を垂れた。旅の埃は落としたようで、小ざっぱりした濃鼠の着物に着替えている。初めて会うが、鼻筋の通ったなかなか見場のいい若者だ。しかし顔にはだいぶ疲れが見えた。

「おゆう親分さん、お初にお目にかかります。満之助でございます。このたびは大変にご面倒、ご心配をおかけし、親分さん始め皆様方には、お詫びの申し様もございません」

満之助は、丁重に詫びを述べた。相当恐縮している様子だ。

「いえ、無事で良かったです。こちらでは、あなたの生死さえわからなかったので」

それなのですが、と満之助は顔を曇らせる。

「しばらく戻れない旨、書き付けに記して託《ことづ》けましたのですが、届かなかったようで」

託けた？　誰に、と聞きかけて、おゆうははっとした。いや、これは後にしよう。

「行っておられたのは、大坂ですか」

満之助は、眉を上げた。

「お気付きでしたか。では、手前が何をしに行ったかも」

「想像はつきます。名倉様が作ったニセの大名家の札を、追っていかれたんじゃないですか」

あ、と満之助は驚きを見せる。

「そこまでご承知でしたか」

「お前……どうしてそこまで。うちの納めた紙がニセの札に使われたからか」

満右衛門が横から質した。おゆうは、ちょっと待って下さいと目で押さえる。満右衛門は、はっとして口を閉じた。

「満之助さん、あなた、このままでは紙を納めた土佐屋にもニセ札作りの火の粉がかかる、と思い、この札が世に流れ出るのを止めようと考えたのですか」

おゆうが問うと、その通りですと満之助は認めた。

「お恥ずかしい話ですが、うちの商いはあまりうまく行っているとは言えません。ここでニセの大名家の札を刷ることに関わった、と世間に知れれば、信用は地に墜ち、店を畳むしかなくなります。うちは知らずにご注文に従って紙をお納めしただけですが、噂は止められないでしょう」

それで、札が世に出る前に何とかしなければ、と思ったのです、と満之助は言って、「勝手なことをして済みませんでした」と満右衛門に謝った。

「いや、店を守るためにしたことなら」

満右衛門はかぶりを振る。おゆうは先を続けた。

「あなたはいつ、納めた紙がニセの札に使われると知ったんですか」

「はい、二月と九日前です。紙をお納めしてひと月余りになる頃で」

満之助が姿を消す前日だ。周囲に知らせる時間的余裕がなかったわけか。

「どうやって知りました」

「はい……こっそり教えて下さったお方が」

満之助は何故か口籠った。それでおゆうにも、状況がわかった。

「名倉様の奥方、和江様から聞いたんですね」

満之助が、びくっと肩を震わせた。

「それも……ご存じでしたか」

満之助は俯き、顔を赤らめた。それで満右衛門にもはっきりわかったようだ。

「お前、では本当に奥方様と……」

今は黙って、とおゆうは再び目で示した。満右衛門は恐縮して頭を下げた。

「満之助さん。はっきり伺いますが、あなたは和江様と密通されてたんですか」

密通、とずばり言われて、満之助は強張った。

「不義密通と言われますか。いえ、私は決してそんな」

「でも、ニセ札のことを教えてくれるほどの仲だったんですよね」

この際、隠し立てはしないで、とおゆうは圧をかけた。満之助はぐっと両手を握った。

「密通、と謗《そし》られるなら、そうなのかもしれません。しかし、私と和江様は、男女の深い仲では、決して。ただ……御心は通じ合っていた、と思っております」

満之助は懸命に事情を話した。つまり、体の関係はなく、プラトニックな恋愛だった、ということか。だが、二人は本気だったようだ。満之助が「奥方様」ではなく「和江様」と言った時の様子で、それは伝わった。和江は名倉が紙を特注したことを怪しみ、千代紙の注文を口実に満之助に近付いて、彼も加担しているのか探ろうとしたのだが、そこで互いに心を奪われてしまったのだ。

「わかりました。和江様は、あなたに何と?」

「はい。さる御大名家の出されている札の贋物を名倉様が刷らせている、と。土佐屋に注文したのはそのための特別な紙だ、とも。最後にお会いした時のお話では、札はもう刷り上がったようなので、数日のうちに大坂に運ばれる、早ければ明日くらいかも、ということでした」

「奉行所に知らせようとは思わなかったのですか」

それは、と満之助は俯いた。

「和江様のお話だけで、旗本家を訴え出るのは難しいと思いました。何より、和江様に大変な迷惑が及びます。ですが、お店も守らねばなりません。そこで、ニセの札が運ばれるのを尾けていき、大坂で何とかしようと考えたのです」

運び出しは明日とも明後日ともわからないので、取り敢えず少々の金を用意して、翌日の夜から名倉の屋敷を張り込んだのだという。

「すると夜明け前、名倉様の御屋敷から荷車が出たのです。人相が悪く腕っぷしの強そうな人足が五人ばかり、ついていました。こんなすぐに、とは思っていなかったので、旅支度も何もありませんでしたが、そのまま後を追うことに決め、江戸を出たのです」

その人足は、安修寺で譲吉たちの作業を見張っていた奴らに相違あるまい。大坂までそいつらが輸送を担当したなら、大坂での引受先、つまり共犯者の手下だろう。

「そのまま追ったのですか。随分大胆ですね。通行手形はどうしたんです」

「はい、旅支度は品川宿で整えました。手形は、親分さんならご存じかと思いますが、途中手形というものもございますので」

　ああ、そうかと思い出す。通常の手形は町名主を通じて申請するが、街道の宿場の旅人宿でも発行してくれるところはある。それが途中手形で、金はかかるが簡便なため、結構利用はあるらしい。違法に思えるが、実は明確な禁止規定はなく、グレーゾーンなのだ。

「荷車は品川で荷駄に積み替えられました。大坂まで十九日かけてゆっくり進みましたので、追うのに苦労はありませんでした。向こうも、まさか尾けられるとは思っていなかったのでしょう。後ろを気にする様子は、全くありませんでした」

　おゆうは頭で勘定した。十九日かかったなら、おゆうが初めて土佐屋に事情聴取に来た翌日に、満之助は大坂に着いたことになる。あの時は、想像もしていなかった。

「大坂に着いて、どうなりましたか」

「はい、連中は福浦屋《ふくらや》という海産物問屋に入りました。そこが贋物の札を全て、受け取ったのです」

「海産物問屋、ですか」

そこが藩札とどういう関係があるのだろう。おゆうの表情を見てか、満之助がその先を解説した。

「私もどうなっているのかわかりませんでしたので、まず伝手のあるところとして、両替商の津島屋《つしまや》さんを訪ねました。そちらは江戸にも出店を持っておられ、土佐屋もお付き合いをいただいていました。前に江戸におられた番頭さんの一人が大坂の本店に戻っておられるので、そちらをお訪ねしました」

大名家の札がどう動き、どう使われるのか、両替商ならわかるだろう、と思ってのことだという。そうした段取りは、道中で考えたそうだ。

「その大名家の御名を申し上げたところ、福浦屋さんはそのご領内から海産物を多く仕入れておられる、とのことで。ご領内での買い付けには、その御家が出されている札が使われるのだそうです」

ああ、とおゆうもようやく納得できた。その大名家は、誰もが知る瀬戸内の雄藩だ。福浦屋は名倉と組み、その大名家のニセ藩札を作ってそれを名産である海産物の買い付けに使い、大儲けしようとしたのだ。本物の札の発行量を見ながら上手に使えば、当分の間、ばれることはあるまい。ばれた頃には、流通元を辿るのが困難になっているだろう。

「津島屋さんに、ニセの札が福浦屋さんに運ばれたと話したのですか」

「はい。ですが、最初はなかなか信じてもらえませんでした。まさか海産物問屋などがそんな大それたことを、という風に」

それはそうだろう。名だたる両替商が、確たる証拠もなしに大騒ぎはできない。

「ところが、名倉様の名前を出した途端、顔色が変わりまして。どうやら名倉様は、前にも大名家の札で何やら不正を働かれたようですね」

名倉が御役御免になった経緯は、大坂の商人の間に知れ渡っていたらしい。そんな前科のある名倉が動いているなら、これは只事ではない、と思ったのだ。名倉が江戸でニセ札製作の全工程を行ったのは、大坂では悪名が知られていたからだろう。

「そこで津島屋さんは両替商の寄合でこの話をされ、これは捨てておけぬと皆で動くことに決まったのです。私も一緒にその大名家の蔵屋敷に出向き、勘定方の御役人に仔細をお話ししました。先方は大いに驚かれ、直ちに人数を整えて福浦屋に出向き、詰問されました。福浦屋は知らぬ存ぜぬを通そうとしましたが、名倉様の名を出されて、全てわかっていると迫られると、すっかり白状なすったそうです」

しかし大名家としては不名誉なことなので、届け出て表沙汰にするかどうか、しばし検討が為《な》されたようだ。そして結論としては、首謀者の名倉は幕府の役職で得た知識を悪用したわけだから、責任は幕府にある、と言えるので、訴え出ても差し支えあるまい、となった。ここまでにひと月を要したそうだ。そんなシンプルな結論に至るのに、どれだけ時間をかけてるんだとおゆうは呆れた。

満之助はこれらの経緯を見届け、目的を達成できたので江戸に帰ることにしたという。

「ただその、路銀が底をついていましたので、ちょっと金策に手間が」

津島屋は、そのくらい無利子で喜んで貸すと言ってくれたが、滞在の面倒も見てもらっており、甘えたものか躊躇《ちゅうちょ》した。だがそこで大名家側の結論が出て、その結果、御礼として満之助に三十両が下賜されることになったという。

「有難く頂戴し、無事に帰れました次第です」

満之助は、そこでようやく笑顔を見せた。満右衛門は全てを聞き終え、よくやったと倅を褒めた。

「そうだ、その御大名の江戸屋敷にも、もしかしてお出入りが叶うんじゃないか」

満右衛門はそんなことまで言った。ちょっと虫がいい気もしたが、満之助は、大丈夫でしょうと請け合った。

「しかし、その間に文の一つでもくれたら、こんなに気を揉まずに済んだのに」

笑顔のままではあったが、満右衛門は苦言を呈した。満之助は、「それについては申し訳ありません」と頭を下げた。

「ですが、成り行きがはっきりするまでは知らせを控える、とも書き付けに書いておいたのです。届いていなかったとは知りませんで」

そこでおゆうは気分が暗くなった。告げるべきことを告げねばならない。

「満之助さん、あなたが書付を託した和江様ですが」

はい、と満之助の顔が真剣になる。

「亡くなりました。名倉に毒を盛られたのです」

名倉はまだそれを認めていないが、間違いはあるまい。満之助は、蒼白になった。

「な……亡くなった……」

「はい。あなたが大坂に向かった、二日後のことです」

「まさか……まさか……私とのことで……」

満之助の肩が震え出し、双眸《そうぼう》から涙が溢《あふ》れ始めた。満右衛門はかける言葉もなく、おろおろしている。

「いいえ、あなたのことではありません」

おゆうは、きっぱりと言った。えっ、と満之助が顔を上げる。

「名倉はあなたと和江様のことに、気付いていましたか。あなた方は、気付かれるようなことをしたのですか」

満之助は虚を突かれたように戸惑いを見せたが、「いいえ」と答えた。

「誰にも見られぬよう気を付けて、少し離れた寺の境内で会っていました。以前から一人で墓参されることは多かったそうですし、疑われるようなことは、何も」

「でしたら、やはりあなたとのことが理由ではありません。おそらく和江様は、名倉の企みに気付き、止めようとなさったのです。それで口封じに殺されたのだと思います」

この間の事情は、はっきりしていない。名倉の口から語られることがあるかどうかも、わからない。だがもし名倉が満之助と和江の仲に気付いていたら、満之助が大坂に発《た》つ前に、二人で会っているところを押さえて、不義密通の現行犯として斬り捨てることができたはずだ。それをせずに和江だけ毒殺したのは、和江が名倉にニセ札製造をやめるよう懇願し、やめないなら訴え出る、と迫ったからだろう。和江は名倉家だけでなく、土佐屋のことも巻き込まれないよう守りたかったのでは、とおゆうは思っている。

だが和江は、満之助から託された書付をすぐに土佐屋には届けなかった。届ければ、名倉の悪事が明るみに出て、家は潰れる。和江はやはり旗本家の妻女であった。書付を届けるのを躊躇し、何とか名倉を翻意させようとしたのだ。だが名倉は耳を貸さず、和江の口を塞ぐことを選んだ。根っからの悪党だったのだろう。

名倉は満之助と和江のことを、薄々は勘付いていた可能性もある。だが、いきなり不義密通で成敗となると、明確な証しを出さなければそれなりの調べが入る。ニセ藩札の企みが進行している最中、それは絶対に避けねばならなかった。もし本当に勘付いていたなら、いずれは満之助も始末する気だったのではなかろうか。だが、今のところ全ては推測だった。

満之助は、じっとおゆうの話を聞いていた。聞き終えると、膝に置いた両手を握りしめ、目を閉じた。そして「和江様……」と呻くように漏らすと、歯を食いしばり、嗚咽《おえつ》した。満右衛門は何も言えぬまま、ただ倅の嘆きを見つめていた。

「あの、八丁堀の鵜飼様がお越しになりました」

手代の功助の声がした。満右衛門は我に返り、「お通ししなさい」と功助に告げた。

おゆうは顔を上げた満之助に頷きかけた。

「奥で休んでいて下さい。鵜飼様には、私からお話ししておきます」

満之助は心遣いに礼を言い、そっと奥の居間へ引き取った。今夜は一人にしてあげて下さい、とおゆうは満右衛門に小声で言った。

「戸山様の聞き込んだ話によると」

おゆうの家で長火鉢の前に胡坐《あぐら》をかいた伝三郎が、言った。

「名倉彦右衛門が、病になったらしい」

「え、病ですか」

おゆうは眉をひそめた。名倉は半月ほど前に捕縛されてから、屋敷に監禁されて目付の取り調べを受けていたはずだ。

「ああ。何だか知らんが、急に弱ってきてるそうだ。気が落ち着いて、喋れるようにはなってるみたいだが、目付の調べにはほとんど答えていないとさ。食も細ってて、医者が診たところ、このまま衰えると危ない、本人に気力がなくてはどうも、てなことでな」

「このままだと、命に関わりそうだというんですか」

意外な気がした。捕らわれた晩の様子では、衰弱の気配もなかったはずだが。

「医者は、もともと病を抱えていたのかもしれない、とも言ってるようだ」

もしかすると、癌だったのかな、とおゆうは思った。今まではっきりした自覚症状はなかったとしても、今回の事件のストレスで急速に悪化した、とは考えられなくもない。

「悪くすると、評定所のお裁きには、間に合わねえかもしれねえな」

旗本の刑事事件を裁くのは評定所だ。無論、旗本が被告となれば相当な証拠固めが必要になるが、本人の取り調べが一向に進まないとなると、裁きを待たずに死ぬことも充分あり得る、と伝三郎は考えているようだ。

「本人が喋らなくても、大坂の福浦屋が白状しているし、証しのニセ札もあるんですから、お裁きに差し支えはないんじゃないですか」

おゆうが聞くと、戸山様もそうお考えだ、と伝三郎は答えた。

「しかし、細かい話は最後まで聞けねえかもな。余兵衛がどうなったか、とか」

余兵衛は仕事が終わってから、名倉のところに舞い戻って強請ろうとし、殺されたのだ、と皆が考えている。ニセ札の印刷を打ち切ったのも、それが大きな理由だろう。だがその部分だけは証しが出ず、福浦屋が雇っていた人足たちも、取り調べに自分たちは知らないとしか答えない。余兵衛を埋めたのは人足たちに違いないが、大坂東町奉行所は自分たちの管内の事件ではないため、力が入っていないのだろう。

「結局死骸は見つからないままだ」

伝三郎はぼやくように言った。二百年後まで、とおゆうは胸の内で付け足す。

「しかしここへ来て急に重い病になるなんて、出来過ぎてるよなあ」

伝三郎が、もうひと言ぼやいた。決着が尻切れトンボになりそうのが、面白くないのだ。ほんとですねえ、と相槌を打ちながら、おゆうは伝三郎の盃を満たす。

「まさか奥方の祟《たた》り、じゃねえだろうな」

伝三郎がぼそっと言ったので、思わず手を止めた。

「いや、それは」

「だがよ、あの晩の幽霊騒ぎは、用人の乾も他の下働きも、本物だって言いやがる。

だったら、奥方の幽霊が名倉を許さず、最後まで祟るってのも充分ありそうじゃねえか」

「はい。そうですね。因果応報ですよね」

自分の仕掛けだとは金輪際言えないおゆうは、同意するようにそれだけ言った。


それから数日後。春の便りが江戸の町に届く頃、一人の男がおゆうを訪ねて来た。

「おゆう親分さんのお噂は、いろいろと耳にしております。いや、噂通り綺麗なお方ですなあ」

源蔵《げんぞう》と名乗ったその男は、挨拶にと酒の角樽《つのだる》と菓子折を持参していた。おゆうが甘党か辛党かわからないので、どっちも、という配慮だろう。六十をだいぶ過ぎているであろう老人だったが、顔も体も頭も、衰えのようなものは全く見せていなかった。のっけから愛想を言ってきたものの、顔つきからすると、結構癇《かん》の強いタイプのように見える。

「それで、今日はどんなご用でしょう」

どうやら、十手が役立つような用事ではなさそうだ。じっと見つめて促すと、源蔵は軽く頭を掻いてから、話を切り出した。

「実はですね。四ツ谷塩町界隈の旗本屋敷で、二十日ほど前に、ちょっとした騒動があったと小耳に挟みましてね。それにおゆう親分さんが、深く関わっていなさるとか」

おゆうは驚きが顔に出ないように気を付けた。この爺さん、何を知ってるんだ。

「まあ確かに、関わりましたけどね」

「あ、いやご無礼しました。関わった、と言うよりおゆう親分さんの仕切りだった、とか」

そんな風に世間では思われてるのか。

「八丁堀のお指図で動いていただけですよ。幾人もの親分さんが出張ってました」

いやいや、それでも、と言い募る源蔵を制し、「それでどんなご用ですか」と聞いた。話を急かされた源蔵は、ほんの一瞬苛立ちを見せたが、すぐ愛想笑いを戻した。

「実は私、歌舞伎の狂言を書いてるんですがね」

本題に入った源蔵は、少し居住まいを正した。ここで言う狂言とは、歌舞伎の脚本のことである。つまりこの源蔵は、劇作家であるらしい。

「新しく怪談物を、と思ってるんですよ。それで、あちこちでそういう話を仕入れてまして。ついこの前も、神田川の心中話なんかを詳しく聞かせてもらいました」

「怪談の狂言を書く種として、今度の一件を使おうって話ですか」

「手っ取り早く言いますと、そういうことで」

源蔵は了解いただけましたかと笑った。何だか悪趣味だなあ、とおゆうは思った。

しかし、事件ネタを追うのは物書きとして当たり前、とも言える。歌舞伎に使うと言うなら、ゴシップ週刊誌やネットの煽《あお》り記事みたいな読売より、ずっとましだろう。どこで興行するのかは明確に言わなかったが、中村座《なかむらざ》の名を漏らした。

「わかりました。じゃあ、私が知ってて、話せることだけ」

真っ当な劇作家なら無下にはできない、と思って、おゆうは名倉が奥方を亡き者にし、その奥方が二度目の月命日の夜更け、化けて出たという話をした。名倉が和江を殺害したことにはまだ評定所の裁きが下っていないが、世間ではもう確定事件として噂に流れているので、それに合わせておく。ただし動機については、ニセ藩札の件が非公表となっているので、不義密通を誤解したため、としておいた。

源蔵は帳面を取り出して話を書き付けていった。興味深そうなところでは、うんうんとしきりに頷いている。

「なるほど、なるほど。それで親分さんは、幽霊をご覧になりましたか」

「いえいえ、私は見ていませんよ。全部、御屋敷の塀の内で起きたことで」

「じゃあ、幽霊がどんな姿だったかは、わかりませんので」

「さあ、御屋敷の人から漏れ聞いたところでは、長い黒髪を垂らした白い着物の姿だったとか」

自分がクリエイターに作ってもらった映像だから詳しく説明できるが、もちろんそこはぼかしておく。

「でも表に転がり出た名倉のお殿様のご様子からすると、余程恐ろしかったんでしょうねえ」

ふむふむ、いかにもその通りですなと源蔵は応じた。

「でも、このお話、そのままで使われるといろいろ障りがあるかと思いますが」

名倉に関する話を直接歌舞伎にされては、奉行所も評定所もいい顔をしないだろう。源蔵は、心得ておりますと請け合った。

「これだけで狂言を作るわけではありません。さっきも申しました心中話や、集めましたいろいろな話を綯交《ないま》ぜにしまして、一本の作にします。出来上がって初演となるのは、来年のことになりましょうな」

その顔見世興行にはご招待申し上げますので、是非ご高覧下さい、と源蔵は言った。

源蔵はおおよそ一刻もかけて詳しく話を聞き、丁重に礼を言って帰った。だがおゆうは、源蔵がどこまで信用できる狂言作者なのか、後から気になってきた。ちょっと評判を確かめておいた方がいいだろう。

そう思ったおゆうは、中村座に出かけた。森田座《もりたざ》、市村座《いちむらざ》と並んで江戸三座と称される代表的な芝居小屋で、日本橋堺町《さかいちょう》に豪壮な構えを見せている。おゆうは混み合う表を避けて、楽屋の方に回った。

「おや、東馬喰町の女親分さん。手前どもにご用でしょうか」

応対に出た若い男が、愛想よく言った。座元のスタッフらしい。おゆうのことも知っているようだ。

「ええ、ちょっと狂言作者さんについて教えてほしくて。源蔵さんというのは、こちらのお仕事を？」

相手の男は、源蔵と聞いてちょっと首を傾げたが、すぐ思い当たったようだ。

「ああ、立《たて》作者の。はいはい、無論よく存じております。近頃は怪談物と言えばあのお方で。生世話物《きぜわもの》でも、去年の市村座の『浮世柄比翼稲妻《うきよづかひよくのいなづま》』は当たりましたからねえ」

かなり有名な人物のようだが、源蔵という名に記憶はない。おゆうは敢えて聞いてみた。

「源蔵さんて、立作者としての名は別にあるんですか」

おや、と相手は意外そうに目を見開いた。

「ご存じなかったんですか。源蔵さんとは、四代目鶴屋《つるや》南北《なんぼく》先生の通り名ですよ」

その夜、優佳はリモートで呼び出した宇田川に言った。

「あのさあ、歌舞伎の東海道四谷怪談って、あるよね」

「ああ、お岩《いわ》さんが出てくるやつか」

さすがに宇田川も、これは知っていた。

「私たち、それの原作者になっちゃったみたい」

宇田川は一瞬、ぽかんとしてから、眉間に皺を寄せた。

「いったい、何の話だ」

＊　＊　＊

「名倉のところに奥医師が遣わされた。その診立《みた》てでは、もって三月、というところだそうな」

戸山が言った。

「それほどに重篤ですか」

伝三郎は嘆息した。調べも満足に進められないようで、やはり評定所の裁きは間に合いそうにない。

「うむ。それで評定所は、早々に幕引きしてしまう方に決めたらしい。名倉本人の話が聞けぬので、奥方殺しについては難しいが、ニセの札を作ったことの証しは、ほぼ揃っておるからな」

「なるほど、それでは」

「名倉が死ねば、嗣子はないので、御家断絶となる。名倉家についてはそれまでじゃ。加担した者については調べが進んでおる故、近いうちに処断が為されよう」

そんなところだろうな、と伝三郎は思った。大名家の方でも、勘定方の中に加担した者がいたようだが、それは町奉行所にとっては関わりない話だ。

「とにかく此度《こたび》はご苦労であった。土佐屋のことを端緒にここまで大きな企みを暴いたのは、上々の出来。御老中からも労いの御言葉があったそうで、御奉行もお喜びじゃ」

「ははっ、恐れ入りましてございます」

伝三郎は褒め言葉に恐縮しつつ、戸山の部屋から退出した。

（まったく、俺にとっちゃ瓢簞《ひょうたん》から駒みてぇな一件だったな）

奉行所を出て御濠端を歩きながら、伝三郎はニヤリとする。満之助の行方を捜すだけのはずが、ここまで大きなことになるとは思わなかった。

（だがおゆうは、何か知ってたようだな。千住の先生もだ）

蘭学で使うので銅細工職人を探していた、というのは、取って付けたような嘘だ。それぐらいは、八丁堀同心ならすぐ見抜ける。だが、本当の理由については、わからない。

(江戸では銅細工職人に関わる事件は、何も出ていなかった。余兵衛が消えたのは、後からわかったことだ。とすると……)

自分の知らない、この先の時代で起きたことに関わりがあるのかもな、と伝三郎は漠然と思った。おゆうと宇田川が、はるか先の時代から来た人間であることは、もう疑ってもいない。現に宇田川は、失言をやらかしていた。おゆうが怪我をした時、余計なことを口走ったのだ。

(危険の度合いを判定、か。奴さん、頭に血が上ったな)

「危険」も「度合い」も「判定」も、江戸では使わない言い方だ。判定などは、明治になってからの言葉だった。

(あの様子からすると、先生、明らかにおゆうに惚れてやがる)

それは伝三郎としては、面白くない事実だった。宇田川の男ぶりが悪くないことも、苛立ちの原因だ。だがそのためにこっちまで熱くなって、ボロを出さないように気を付けなくてはならない。

(まさか気付いてはいないだろうが、本当のことを知ったら連中、どんな動きに出るだろうか)

伝三郎が学徒動員された元帝国陸軍特別操縦見習士官で、十数年前、昭和二十年の東京郊外からふとしたことで飛ばされて来たのは、誰も知らない。池から突然、奇妙な格好で這い上がって来たことも、知っていたのは亡くなった養父だけだ。

（しかしとにかく、連中の目的がわかるまで、こっちの正体も知られるわけにいかねえ）

おゆうと宇田川が江戸へ何をしに来ているのか。それが未だに見えてこない。この頃は、自分と同様、特に意味もわからないまま江戸に来ているのかもしれない、とさえ思えることがある。だがそれなら、連中が来たきりではなく、未来と常に行き来しているように思えるのは、どうしてなのか。答えが出るには、相当かかりそうだ。

（それにしても、今回は笑わせてくれたぜ。四谷怪談の再現じゃねえか）

名倉家の幽霊騒動がおゆうたちの仕業であることは、すぐに想像がついた。おゆうは前に、血の跡を光らせる薬品か何かを使って、犯人を追い込んだことがある。今回は、それより遥かに大掛かりな仕掛けを使ったようだ。おそらく、映画のようなものだろう。あいつらの時代には、電池式の超小型映写機ぐらい、あるに違いない。

（まったくあの手この手と、いろいろやってくれるもんだぜ）

その変な工作自体は、伝三郎たち江戸の者にとって、悪い結果をもたらしてはいない。近頃では伝三郎も、次におゆうがどんな手を繰り出すかと、楽しみにしている始末だ。

（やれやれ、まったく厄介な女に惚れちまったもんだぜ）

伝三郎は一人で苦笑すると、少し温かみを帯びてきた風を受けながら、御濠端を進んで行った。そうだ、もうしばらくしたら、おゆうを花見に誘うか。

＊　＊　＊

「ああ、うん、そういうこと。あの骨も、一緒に見つかった銅板の切れっ端も、江戸時代のものに間違いない。殺人事件なのも確かだ」

宇田川が断言すると、リモートの相手の男は、安堵と苦笑を一緒に浮かべた。

「そうか、殺人か。こっちで捜査なんかできないが、どんな事件なんだろうな」

「銅板を分析した結果、藩札の贋物を刷るための銅版だとわかった。ニセ札事件らしいから、それに絡んで殺されたんだろう」

「へえ、そんなことまでわかったのか」

相手は素直に感心している。

「ニセ札絡みなんて、現代の骨なら、うちは大騒動だったろうな」

「科捜研としては、好物なんじゃないのか」

何が好物なものか、と科捜研の男は笑った。

「ただでさえ忙しいのに、そんな大物が来たらしばらく家に帰れん。かみさんから、苦情の嵐だ」

ふん、と気楽な独身の宇田川は鼻を鳴らした。

「それから、そっちに頼まれた件だが」

科捜研の男は、真顔になった。

「データを部外に流すのは、やっぱりまずいんでな。こっちで可能な限りチェックした結果だけ、教える」

「ああ。どうだった」

「過去三十年で、そちらの条件を全部満たす該当者は、なし。似てるのはあったが、細部が違ったり、発見済みだったりでな」

「そうか、わかった」

宇田川は素っ気なく頷いた。相手も慣れているので、別に不快な様子もなく、「また何かあったら、頼む」と言ってリモートから退出した。

宇田川は、ふう、と溜息をつくと、椅子の背に体を預け、頭の後ろで手を組んだ。ここまでは、思った通りだ。

科捜研の男が高飛車だったので、見返してやるつもりで仕事を受けた、と最初に優佳には言った。だが、そうではない。科捜研の男は気のいい奴で、今までにも何度か仕事を受けていた。今回は、引き換えに頼み事をするため、骨の仕事を請け負ったのだ。

その頼み事とは、行方不明者リストのチェックだった。科捜研の管轄事項ではないが、彼にもコネはある。データを調べるだけなら、とやってくれた。チェックの対象は、無論、鵜飼伝三郎と名乗る男だ。こっそり撮った伝三郎の写真から詳細を解析し、データ化して照合を頼んだのだ。

（やはりあいつは、昭和の人間だな）

平成以降の行方不明者には、ヒットしなかった。伝三郎の言動から、ＩＴ関係の知識はないと推察し、昭和でも中期以前の人間ではないか、と宇田川は考えていた。

宇田川が伝三郎について、彼も未来の人間だと確信したのは、前回の事件での発言からだった。昭和初期以降に生きていた人間でない限り、知り得ないことを口走ったのだ。

（あいつ自身は、まだ自分の失言に気付いちゃいるまい）

そう思った宇田川は、今回、ちょっとした罠《わな》を仕掛けてみた。本所の川べりで出会った時、ふと思いついて、この辺で火が出たら大変だ、焼け野原になる、という話を振った。すると、あいつは期待通りの反応をした。ここが二度と焼け野原になってはいけない、と真剣な顔で言ったのだ。だが、記録で見る限り、文政のあの頃にはまだ本所周辺は大火の被害を受けていなかった。少なくとも、焼け野原になるような状況はなかったのである。

（あいつが反応したのは、本所の大被害の記憶があったからだ）

それは二つ。関東大震災と、東京大空襲だ。その結果、本所地区は文字通りの焼け野原になった。伝三郎はこの悲惨な被害の少なくとも一つ、或いは両方を経験しているに違いない。

（機会あるごとに、揺さぶりをかけてやろう。そのうち、大きな手掛かりが出てくるかもしれない）

宇田川は暗くなったパソコンの画面を見つめた。そこに伝三郎の顔が浮かんでくるかと思ったのだが、意識に現れたのは優佳の顔だった。

本書は書き下ろしです。

この物語はフィクションです。作中に同一の名称があった場合でも、実在する人物、団体等とは一切関係ありません。

宝島社
文庫

大江戸科学捜査　八丁堀のおゆう
殺しの証拠は未来から
（おおえどかがくそうさ　はっちょうぼりのおゆう　ころしのしょうこはみらいから）

2024年11月20日　第1刷発行

著　者　山本巧次
発行人　関川誠
発行所　株式会社 宝島社
〒102-8388　東京都千代田区一番町25番地
電話：営業 03(3234)4621／編集 03(3239)0599
https://tkj.jp
印刷・製本　中央精版印刷株式会社

ISBN 978-4-299-06091-4